메가두따

깔리따사 지음 박경숙 옮김

메가두따

초판 1쇄 인쇄 2002. 5. 23
초판 1쇄 발행 2002. 5. 25

옮긴이   박경숙
펴낸이   김경희
펴낸곳   (주)지식산업사
         서울시 종로구 통의동 35-18
         전화(02)734-1978(대) 팩스(02)720-7900
         홈페이지 www.jisik.co.kr
         e-mail   jsp@jisik.co.kr
                  jisikco@chollian.net

등록번호 1-363
등록날짜 1969. 5. 8

책값   11,000 원

이 책을 읽고 옮긴이에게 문의하고자 하는 이는
지식산업사 e-mail로 연락 바랍니다.

역자의 말

 사절을 보내어 사랑을 고백하는 것은 어느 시대, 어느 나라에서나 마찬가지인가 보다. 사람을 사절로 보낼 수 없을 경우에는 자연이나 짐승들을 대신하는 경우도 심심찮게 만날 수 있을 것이다. 그래서인지 구름을 사랑의 사신으로 보내는 깔리다사의 《메가두따》는 문화적 차이가 숱하게 가로막고 있음에도 정서적 어색함을 느낄 수가 없다. 헤어진 신혼의 아내를 그리워하는 약샤에게 구름보다 더 좋은 사절은 없었으리라. 구름보다 더 말하기 편한 상대도 없었으리라.

 깔리다사의 《샤꾼딸라》가 싼쓰끄리뜨 문학의 꽃이라면 같은 작가가 쓴 《메가두따》는 서정시의 꽃이라 할 수 있다. 《샤꾼딸라》와 마찬가지로 《메가두따》 또한 유럽, 특히 괴테와 쉴러를 중심으로 한 독일의 대 문호들을 사로잡았던 책이다. 2백여 년 전에 유럽을 휩쓸었던 책을 지금 내놓는 것은 지나치게 늦은 감이 없지 않지

만 싼쓰끄리뜨 문학을 이해하는 데는 이 두 책, 《샤꾼
딸라》와 《메가두따》보다 더 좋은 매개가 없다는 생각
으로 주저 없이 책을 옮기게 되었다.

공간에 상관없이 마음만 그 즉시 소식을 전할 수 있
는 요즘에 굳이 구름의 힘을 빌려 사랑을 토해 내야 하
는 1500년 전의 약샤의 답답한 심정을 헤아려보는 것도
재미있는 일이 아닐지?

2001, 1월

인도 뿌나에서 박 경숙

깔리다사에 대하여

　쌴쓰끄리뜨 문학사에서 가장 뛰어난 작가를 한 사람만 대라면 그는 단연코 깔리다사일 것이다. 섬세한 묘사와 감성, 방대한 지식, 풍부한 경험 등 그가 문학가로서 지닌 재능은 무궁무진하다. 인도인들 사이에서 그는 세익스피어를 능가하는 작가로 평가되기도 한다. 그가 택한 작품의 소재나 주제는 여타의 쌴쓰끄리뜨 작가들과 마찬가지로 대부분이 사랑 이야기 혹은 신들의 이야기여서 평이하고 밋밋하지만 뛰어난 관찰력과 사물에 대한 절묘한 묘사, 자연을 대하는 따뜻한 눈은 자연과 인간을 하나로 만들고, 자연과 인간, 인간과 신의 따뜻한 교감으로 그의 시를 살아 숨쉬게 한다.

　깔리다사가 어느시대 인물이었는 지는 명확하지 않다. 다만 그의 작품과 후대에 그를 언급한 작품들로 미루어 보아 대략 짠드라굽따(Candragupta, 413 ~ 455 A.D.) 2세 때의 인물로 보는 것이 일반적이다.

그는 위대한 방랑객으로 유명하였다.

《메가두따(Meghadūta)》에서도 볼 수 있는 것처럼 그는 인도 전역을 두루 여행하며 생생하고 정확하게 그 지역의 자연과 문화, 풍습 등을 묘사하고 있다. 10여년 전에 깔리다사의 열렬한 팬이《메가두따》에 나오는 지역을 헬리콥터를 타고 현장 답사했다는데 그의 시에서 묘사된 장소들이 오늘날에도 크게 다르지 않았다 한다.

그가 썼다고 단정적으로 말할 수 있는 작품으로는 두 개의 서사시, 세 개의 드라마, 두 개의 서정시가 있다. 서사시로는 라구 왕가(王家)의 역사를 노래한 〈라구왕샤(Raghuvaṃśa)〉와 전쟁의 신 스깐다의 탄생을 읊은 〈꾸마라삼바와(Kumārasaṃbhava)〉, 희곡으로는 숲속 처녀 샤꾼딸라와 영웅 두샨따의 사랑 이야기를 엮은 〈아비즈냐나 샤꾼딸라(Abhijñanā Śakuntalā)〉, 뿌루라와스 왕과 요정 우르와쉬의 사랑 이야기인 〈위끄라모르와쉬야(Vikramorvaśīya)〉, 아그니미뜨라 왕과 아름다운 여인 말라위까의 사랑이야기 말라위까 〈아그니미뜨라(Mālavikāgnimitra)〉가 있으며, 서정시로는 구름을 통해 아내에게 소식을 전하는 《메가두따》와 계절을 노래한 〈르뚜 상하라(Ṛtusaṃhara)〉 등이 있다.

메가두따에 대하여

깔리다사(Kalidāsa)의 서정시 《메가두따》는 구름 (Megha) 사신(Dūta)이라는 뜻이다. 풍요의 신 꾸베라 (Kubera)의 저주로 신통력을 빼앗긴 채 신혼의 아내와 헤어져 살게 된 약샤(Yakṣa)라는 반신반인(半神半人)이, 장마가 오기 전 뒤덮인 검은 구름을 보고 간절한 아내 생각에 그 구름을 통해 소식을 전하는 연작 서정시이다.

《메가두따》는 모두 121편의 시로 전편 뿌르와메가 (pūrvamegha)와 후편 우따라메가(uttaramegha)로 나뉜다.

전편은 주로 구름이 약샤의 전갈을 가지고 지나가야 할 지역들에 대한 묘사로, 자연과 신, 인간이 하나로 어우러져 있다. 후편은 주인공 약샤와 그의 아내, 그들의 헤어짐에 대한 고통과 그들이 행복하게 살았던 히말라야의 집에 대한 묘사이다.

깔리다사가 젊은 시절에 썼다는 이 시는 그의 대표적인 희곡 《샤꾼딸라》에서 보는 것과 같은 언어의 세련미

나 정제된 표현 이외에도 약간은 즉흥적이고 감각적인 표현들이 군데군데 눈에 띈다 .

　주인공 약샤가 꾸베라의 저주를 받은 데 대해서는 두 가지 이야기가 있다.

첫째 이야기

　이 약샤는 꾸베라가 존경해 마지않으며 가장 절친한 벗이기도 한 쉬와에게 바칠 꽃을 아침마다 꺾어 올려야 하는 임무를 띠고 있었다. 신혼에 취한 약샤가 날마다 아침 일찍 일어나는 게 귀찮아 하루는 밤중에 연꽃 봉오리를 꺾어다 물에 담가 두었다가 아침에 꾸베라에게 건네주었다. 이를 알 리 없는 꾸베라가 쉬와께 그 꽃을 다시 바치는데, 밤새도록 봉오리에 웅크리고 있던 벌이 쉬와에게 날아들었다. 사실을 알게 된 꾸베라는 이를 새 색시 때문이라고 여겨 홧김에 그에게서 신통력을 빼앗고 1년 동안 새색시를 볼 수 없는 남쪽 라마기리로 쫓아버렸다는 이야기다.

두 번째 이야기

　이 약샤는 꾸베라의 뜰에 풀을 뽑는 일을 하고 있었다. 어느 날 그가 자리를 비운 사이 신들의 제왕인 인드라의 코끼리 아이라와띠가 들어와 뜰을 짓밟고 꽃을 모

두 망가뜨려 이에 분노한 꾸베라가 저주를 내렸다는 이
야기다.

그러나 다른 싼쓰끄리뜨 문학과 마찬가지로, 이 《메
가두따》 또한 인도의 신화라는 뒷그림을 보지 못하면,
고개를 갸우뚱하기 십상이며 제대로 감상하기 어렵다.
그래서 《메가두따》에 등장하는 신들에 관한 이야기를,
시에 얽힌 이야기와 그 신을 대표할 만한 이야기 중심으
로 몇 가지만 소개한다.

먼저 알아두어야 할 것은, 인도의 신화에는 정설이 없
다는 것이다. 방대한 옛 이야기 뿌라나(Purāṇa) 문학에
신 하나를 두고 수도 없는 이야기가 나와 있는 데다 이
또한 갈래가 없어 아들과 아버지의 관계, 신과 신들의
관계는 도무지 오리무중인 경우가 많다. 여기에 소개한
것은 일반적으로 널리 알려진 신화라고 보면 되겠다.

또 한 가지 알아둘 것은 영어로 Demon, 우리말에서
도 어쩔 수 없이, '악마' 라고 옮겨 놓은 '아수라' (Asura)
라는 존재이다. 이들은 사실 신들과 형제지간으로 — 둘
다 생명 창조의 신 쁘라자빠띠에게서 태어났다 — 초인
적 힘을 지니고 때로는 신들보다 오히려 정직하고 더 신
다운 면모를 보여주기도 한다. 그들 또한 스승 슈크라짜
리야(śūkrācarya)의 말을 받들고 아내를 사랑하며 신들과
다름없는 생활을 한다. 싼쓰끄리뜨 최초의 문학이며 신

들에 대한 찬가 모음집인 《르그웨다》(Ṛgveda)에는 이들
이 초월적 존재로 묘사되고 있으며 악마적이라는 표현은
없다. 오히려 윤리규범을 담당하는 신 와루나(Varuṇa) 같
은 고차원의 신에게 붙은 별호로 아수라라는 말이 쓰이
기도 했다. 후대 웨다(Veda)에 대한 주석서들이라고 할
수 있는 브라흐마닉(Brāhmaṇic) 문학에 접어들면서 신
들과의 긴긴 싸움에서 진 아수라들이 그만 악마로 낙인
찍히게 된 것이다. 딱히 마땅한 말이 없어 악마라고 옮
기나 우리가 상투적으로 이해하는 그런 악마는 아니라
고 이해하면 어려움이 덜하리라 믿는다.

●●● 차 례

뿌르와메가

뿌르와메가[1]

1

옛날 옛적

자기 일 게을리 했다 하여 주인에게 저주받아

일 년씩이나 초인적인 힘 빼앗기고

사랑하는 아내와 헤어지는 모진 설움 당해야 했던

어떤 약샤가 있었습니다.

그는 짙은 그늘 드리워 주는 나무 무성한 라마기리[2]

그 곳 오두막들 사이에 집을 짓고 살게 되었답니다.

그 곳의 물은 또 자나까의 딸[3]이 목욕 재계했다 하여

성수(聖水)라 한다지요.

---

1) 《메가두따》는 전편(뿌르와메가 Pūrvamegha)과 후편(우따라메가
   Uttaramegha) 둘로 나뉘어져 있다.
2) 라마기리(Rāmagiri) : 라마의 산이라는 뜻으로 대 서사시 라마야나의
   주인공 라마가 망명 중에 머물렀던 곳이라 하며, 마하라쉬뜨라 주 낙
   뿌르의 북쪽에 위치한 람테크라 하기도 한다. 지금도 람테크에는 순
   례자들의 발길이 끊이지 않는다.
3) 자나까의 딸 : 라마야나의 여주인공, 라마의 아내 시따를 가리킨다.

2

정염에 불타던 그가
연약한 아내와 헤어진 뒤
어깨에 차고 있던 금팔찌마저 벗겨져 버릴 만큼 야위어
장식 없는 맨 어깨로
이 산에서 몇 달쯤 지냈을까.
아샤다 달[4]이 시작되던 첫 날
산꼭대기에 걸터앉은 구름을 보았다지요.
산기슭에 상아를 들이받으며
놀이에 정신 없는 코끼리처럼
눈이 부시도록 아름다왔다나요.

---

4) 아샤다(Aṣāda) 달 : 서양력 6, 7월에 해당하는 힌두의 달. 몬순 직전
구름이 가득 낄 때이며, 연인과 헤어진 사람들의 가슴 에이는 사연을
노래할 때 자주 등장하는 달이기도 하다.

3

꾸베라의 그 시종,

차오르는 눈물 꾹꾹 누르며

보고픈 맘 더해 주는 그 구름 앞에

겨우겨우 버티어 서서

긴 긴 생각에 젖어들었겠지요.

마음이 제법 평정한 사람도 구름의 모습엔

뭔가 다른 기분이 든다는데요.

멀리 계신 님, 목이라도 껴안고 싶은 사람이야

오죽하겠나요.

4

슈라와나 달[5]이 코 앞에 다가오자

님의 목숨 지켜 주고픈 맘 가득하고

잘 살고 있다는 기별

구름이 좀 날라다 주었으면 하여

갓 피어난 꾸타자 꽃[6] 바치며

다정하고 다감한 말로 어서 오라

반겼다지요.

---

5) 슈라와나(Śravaṇa) 달:서양력 7, 8월에 해당하는 힌두의 달. 아샤다
   달에 내린 비로 더위가 가시고 서늘해져서 즐기기에 좋은 계절로 헤어
   진 연인들에게 가장 고통스런 달이라는 표현이 자주 시에 등장한다.
6) 꾸타자(Kuṭaja) 꽃 : 나즈막한 나무에서 핀 작고 하얀 꽃으로 우기 때
   무성하다.

5

구름이 뭐던가요?
연기와 빛, 물과 바람이 섞인 것 아닌가요.
전하는 말이란 또 뭔가요?
모든 기능 제대로 돌아가는 살아 숨쉬는 것이
나르는 것 아니던가요.
이것저것 다 헤아리지 못한 약샤는
격렬한 열망에 타올라 그에게 애걸했답니다.
왜냐면
사랑에 아파하는 사람은
살아 숨쉬거나
살아 숨쉬지 않는 것들을 제대로
가려내지 못하니까요.

6

내 당신을 잘 알고 있어요.

세상에 널리 알려진

뿌슈까라와르띠까[7]

가문에서 태어나

자유 자재로 몸을 바꾸며

인드라가 총애하는 분이라지요.

나, 잔인한 운명에 집사람과 헤어져

당신에게

청한답니다.

형편 없는 놈한테는 바라는 거 얻어도

뭐 그리 좋은 일 아니지요만,

당신 같이 덕 높은 분에게 한 부탁이야

물거품 된다 해도 그저 그만이니까요.*

---

7) 뿌슈까라와르띠까(Pushukavatıka) : 세상을 파괴할 때 나타나서 엄
  청난 양의 비를 쏟아 붓는다는 구름. 브라흐마나 뿌라나에 따르면, 구
  름은 세 가지로 분류되는 데, 불, 브라흐마의 호흡, 그리고 산의 날개
  에서 생긴 구름이다.
* 참조 : 인드라, 산들의 날개를 자르다.

7

구름이여

헤어짐의 열병에 시달리는 이들에게 당신은

피난처 되어 준다지요.

풍요 신의 분노가 갈라놓은 님에게

내 말 좀 날라다 주셔요.

당신이 가야 할 곳은 약샤들 제왕이 사는

알라까[8]

거기 동구 밖 뜨락[9]에 사는 쉬와의 머리에서

뿜어 나온 달빛으로 불 밝혀진 커다란 집이랍니다.[*]

---

8) 알라까(Alaka):풍요의 신 꾸베라의 수도로, 잘 장식되어 있다는 뜻.
   와수다라(Vasudhara, 풍요(와수)를 가진(다라)) 또는 와수스탈리
   (Vasusthali, 부(와수)가 머무는(스탈리) 곳) 또는 쁘라바(Prabha,
   빛나는 곳)라고도 부르며, 꾸베라와 쉬와가 산다는 히말라야의 꼭대
   기 까일라사(Kailasa) 성산(聖山)에 있다고 전해진다.
9) 동구 밖 뜨락(브라흐마 우댜나 Brāhma-Uddyāna):꾸베라의 정원
   으로 절친한 벗 쉬와가 머무는 곳이다. 쉬와의 머리에 늘 이고 다니는
   초생달에서 나온 빛은 태양 빛을 능가하며, 그 빛으로 꾸베라 저택의
   불을 밝힌다 한다.
* 참조:꾸베라

8

당신이 바람 길로 오를 때면
먼 길 떠난 서방 둔 아낙네들
온다는 확신에 기운 차리며
풀풀 헤쳐 헝클어진 머리칼 가다듬고[10]
애타게 당신을 올려다보지요.
살아가는 게
다른 사람 손에 달린 나 같은 놈 아니라면
계절 바꿀 채비 다 갖춘 당신을 쳐다보며
헤어짐의 쓰라림에 신음하는 아내를
모른 척할 이 뉘 있으리까.

---

10) 남편과 헤어져 지내는 아내들은 머리를 빗지 않고 한 갈래로 묶거나
   헝클어진 채 놔두어야 하는 풍습. 남편이 돌아오면 다시 머리 손질을
   시작한다.

9

걸림 없는 당신의 걸음이라면
죽지 못해 살아 곰곰 날들만 꼽고 있을,
나만을 바라고 사는 당신의 제수씨
꼭 만날거여요.
헤어짐에 가슴 뚝뚝 떨어지는
꽃과 같은 여인들,
사랑으로 터질 듯한 여인들에게
희망의 닻줄은 바로
생명줄이라지요.

10

친절한 바람은
가만가만 당신을 몰아줄 것이고
싱싱한 젊음에 들뜬 짜따까[11] 새
왼쪽에서 달콤한 노래 불러줄 거예요.[12]
잉태한 기쁨에 가슴 벅찬 두루미 떼[13]
줄지어 날으며 보기에도 아름답게
창공에서 당신을 섬기며 따라가겠지요.

---

11) 짜따까(Cātaka) : 구름이 머금은 물만 먹고 산다는 새로 그걸 마시기 위해 하늘 높이 날아오르며, 우기 직전 또는 우기를 가장 사랑한다는 새.
12) 짜따까와 공작, 사슴 등이 왼쪽에서 움직이면 길조로 여긴다.
13) 구름이 암 두루미를 잉태시킨다고 믿으며, 우기가 한창일 때 알을 품는다 한다.

11

듣기에도 시원한
우르릉 울리는 당신의 천둥소리
온 땅을 살찌우고 버섯들로 꽉 채울
그 소리 들으며
마나사 호수[14] 애타게 그리는 홍학들
잘게 부순 여린 연꽃 속줄기로
까일라사[15]까지 갈 채비 챙겨
창공에서 당신의 벗 되어 드릴거예요.

14) 마나사(Mānasa) 호수 : 까일라사 산에 있다는 성스런 호수. 브라흐
    마사라(Brāhmasara) 즉, 브라흐마가 마음(마나스 Mānas)으로 창조
    해 낸 호수(사라 Sara)라 하여 붙은 이름으로, 우기가 시작되면 홍학
    들은 즐기려 이 호수를 떠난다고 믿는다.
15) 까일라사(Kailasa) : 꾸베라의 소유로 히말라야 어딘가에 있다는 산.
    온갖 값진 것과 맛있는 과일이 널려 있으며, 꽃들이 만발하고 새들의
    노래 끊이지 않는다. 둘레를 에워싸고 르쉬 또는 무니라 불리는 성자
    들이 머물며 명상에 잠기고, 약샤들과 요정들도 그 곳 어딘가에 머문
    다 한다.

12

당신의 다정한 벗
그 자락마다에 사람들이 숭앙해 마지않는
라마의 발자욱 찍힌
이 드높은 산 한번 꼭 껴안고 나서
작별을 고하셔요.
철철이 만나 함께 해 오던 터라
긴긴 헤어짐에 깊은 정 내보이듯
눈물 뚝뚝 떨구는
이 산 말이예요.*

* 참조 : 라마

13

당신께 알맞은 여행길
내 일러 드릴 터이니 들어 보셔요.
그런 다음, 오 구름이여
귀로 들이마셔도 좋을
내 전할 말 들으면 되어요.
길 가다 힘에 부치거든 그때마다
발길 잠시 산꼭대기에 걸쳐 두고
지친 듯 할 때마다 계곡을 흐르는
맑은 물에 목 축이고 가시어요.

14

축축한 니쭐라[16] 나무 빼꼭한 이곳에서

북쪽으로 고개를 돌리고

기운차게 당신이 나부끼면

산꼭대기에 바람이 부나?

순진한 싣다[17]의 아내들 얼굴을 치켜들고

깜짝 놀라 쳐다보겠지요.

사방을 지키는 코끼리들[18]

커다란 코에서 내뿜는 김 피해 길을 재촉하며

당신이 하늘을 날아오를 때면요.

---

16) 니쭐라(Nicula):물기가 많은 곳에서 자라는 일종의 수수나무.

17) 싣다(Siddha):반신반인의 존재로 순수하고 고결하며 8가지 초인적
    힘을 지니고 있다. (1) 원자만큼 작아지는 능력(아니마 Anīmā) (2)
    산만큼 커지는 능력(마히마 Mahīmā) (3) 마음대로 가벼워지는 능력
    (라기마 Lagīmā) (4) 마음대로 무거워지는 능력(가리마 Garīmā)
    (5) 무엇이든 얻을 수 있는 능력(쁘라삐 Prāpī) (6) 저항할 수 없게
    하는 힘(쁘라깜먀 Prākāmya) (7) 제압하는 힘(이쉬뜨왐 Īshītvam)
    (8) 이시뜨왐과 비슷한 힘으로 마음대로 사람을 조종하는 힘(와쉬뜨
    왐 Vashītvam)

18) 싼쓰끄리뜨 문학에 익숙하지 않은 독자에겐 가끔(사실은 자주) 이
    해하기 어려운 비유나 개념들이 등장한다. 사방을 지키는 코끼리 또
    는 자기 이마에서 흘러내린 즙에 취한 코끼리 등도 그 가운데 하나다.
    또한 이것들은 싼쓰끄리뜨 문학과 친해지기 위해서는 모르면 안 될 것
    들이기도 하다. 옛 인도인들은 각각 여덟 마리의 힘센 코끼리들이 아
    내와 함께 수호신 역할을 하며 사방 또는 팔방을 지키고 있다고 생각
    하였다. 이들의 힘은 짐작하기 어려울 정도여서 큰 몸뚱이, 긴 코, 커

15

여기 이 앞
야트막한 언덕배기 너머
온갖 보석 빛 뒤섞인 듯
인드라의 활[19] 한 조각 보이네요.
검디검은 당신의 몸 더 더욱
아름답게 빛내 주면서요.
위슈누의 소몰이 화신 머리에 꽂은 공작 깃털
더욱 더 빛나 보였듯이.*

다란 상아를 갖고 있으며, 이마에선 늘 즙이 뿜어져 나와 취한 듯 하며
당할 자 없는 용사를 비유할 때 이 코끼리들이 자주 등장한다.
　여기서의 비유는 코끼리들이 내뿜는 콧김으로 구름이 흩어지지 않도
록 요리조리 피해 가는 것을 묘사하고 있다.
19) 인드라의 활 : 무지개를 뜻하며, 인드라가 들고 다니는 활이 그처럼
　아름답다 하여 또는 무지개 자체가 인드라의 활이 되어 준다 하여 붙
　은 이름이다.
* 참조 : 끄르슈나

가을걷이 당신께 달려 있다며
농염한 몸짓 알지 못하는
시골 아낙들의
당신을 들여마실 듯한
정이 담뿍 어린 눈길 받으며
갓 쟁기질해 향기로운 땅 내음 가득한
말라 들녘 오르시어요.
그런 다음 조금 서쪽으로 길을 잡아
다시 잰 걸음으로 북쪽으로 가서요.

당신이 내려 주신 비에 산불이 꺼졌다며
드높은 봉우리 가진 아므라꾸타 산이
여행에 지쳐 있을 당신을 반갑게
머리로 받쳐 주겠지요.
아무리 볼품 없는 것들이라도
벗이 도와달라 다가가면
전에 신세졌던 일을 생각하는 데
기품 있는 산 같은 분이라면
뭐 새삼스레 얘기할 필요도 없을 터이지요.

18

기름 잘 발라
반짝이는 땋은 머리 같은 당신이
산꼭대기에 걸터앉으면
잘 익은 망고 열매
흐드러지게 자락 뒤덮은 그 산은 마치
거무스름한 꼭지에
둘레는 탐스럽고 뽀오얀 젖무덤,
대지의 가슴 같아   .
하늘나라 짝들 즐거이 눈 구경하겠지요.

19

산에 사는 아낙들
나무 그늘에 한숨 돌리며 쉬어가던
거기, 잠시 머물다가
이제 물을 다 비워내 가뿟해진 걸음으로
그 너머 있는 길을 건너가셔요.
거기서 당신은
울퉁불퉁한 윈댜 산[20]자락에
물줄기 부숴 내리며 흐르는 레와 강[21]을 보게 되겠지요.
그건 마치 코끼리 치장하려 코에 그려 넣은
갖가지 줄무늬 같을 거여요.[22]

---

20) 윈댜(Vindya) 산 : 데칸고원에 있는 산으로 인도에 있는 7개 주 산맥
중의 하나로 재미있는 이야기가 얽혀 있다.
  태양은 뜨고 질 때마다 최고의 금산인 메루 산을 공손히 한바퀴 돌았
다. 그런 태양을 보고 윈댜는 메루 산을 돌 듯 뜨고 질때면 자기도 오
른쪽으로 한 바퀴 돌아달라고 부탁했다. 태양은 그것은 자기 뜻대로
되는 것이 아니며 이 세상을 만든 분이 그 길을 정해주신 것이라고 대
답했다. 태양의 말을 들은 산은 느닷 없이 커지기 시작했다. 태양과 달
이 가는 길을 방해하기 위해서였다. 신들이 모두 함께 가서 산이 커지
는 것을 막으려고 했으나, 산은 그들의 말을 들은 척도 하지 않았다.
그러자 신들은 함께 모여 수행에 전념하고 있던 아가스띠야 성자의 아
쉬람으로 몰려가 기적 같은 힘을 지닌 그에게 지금 일어나고 있는 일
을 모두 다 말한 뒤 윈댜 산을 더 이상 크지 못하게 막아달라고 했다.
신들의 말을 들은 성자는 아내와 함께 윈댜 산에게로 가서 말했다. '산

20

빗물 다 비워 내시었으니 이제
들코끼리가 뿜어 낸 신령스런 즙으로 향기롭고
뒤엉킨 잠부나무에 물살 흔들린
그 강물 죽 들이키고 가시어요.
이렇게 속을 꽉 채워 두면, 오 구름이여,
바람도 당신을 가벼이 여기지 못할 거예요.
속이 빈 것은 다 가벼운 게고
꽉 차 있으면 모두 무게 있다 하지요.

이여, 난 일이 좀 있어 남쪽으로 가고 싶소. 내게 길을 좀 내 주겠소?
내가 돌아올 때까지 기다려 주시오. 내가 돌아오거든 그때 다시 자라
면 될 것이오.' 성자의 말에 산은 고개를 숙였다. 아가스띠야 성자는
지금까지 남쪽에서 돌아오지 않고 있다. 그래서 지금의 윈댜 산이 자
라지 않고 있다는 것이다.
21) 레와(Reva) 강 : 성스런 강의 하나로 나르마다(Narmada) 강의 다
른 이름. 강에서 목욕한 것만큼 성스럽게 생각하며 죄를 씻어준다고
한다.
22) 인도의 축제 날에는 재나 물감을 사용하여 콧등에 여러 선을 그려 넣
고 갖가지 장식을 한 코끼리들을 볼 수 있다.

21

꽃실이 반 넘어 자라 초록, 갈색 띤
까담바 꽃을 보고
이제사 그 첫 봉오리 내민
늪가에 자란 간달리[23] 잎사귀 따먹으며
숲속, 땅에서 솟아오른 싱그러운 흙 내음 맡은
사랑가[24]들이 빗방울 뚝뚝 떨구는
당신 갈 길 가리켜 주겠지요.

---

23) 까담바(Kadamba)와 간달리(Kandali) 꽃은 우기에 피는 꽃으로 첫
   빗방울을 맞고 꽃봉오리를 터뜨린다 한다.
24) 사랑가(Sāranga)는 벌, 사슴, 그리고 코끼리를 뜻한다. 첫 줄, 벌이
   까담바 꽃을 보고 쫓아가며, 둘째 줄, 간달리 꽃 잎사귀는 사슴이, 셋
   째 줄, 대지의 향기를 맡은 것은 코끼리를 뜻하고 있다.

구름 물 잡는데 으뜸 새 짜따까를 보고
줄지어 창공을 날으는 두루미 가리키며
하나하나 헤아리는 신다들
당신이 우르릉 꽝 벼락 내리치실 때
깜짝 놀라 벌벌 떨며 품안으로 파고드는
아내를 안으며
당신을 몹시 우러르겠지요.

당신이 나를 위해 잰걸음 옮기려 하지만
오 벗이여, 난 훤히 알 수 있답니다.
까꾸바 향기 그윽한 산마다
당신 발걸음 더디어진다는 것을.
공작새들 어서 오라 눈물 고인 눈으로
당신을 반겨 맞는 소리에도요.
그래도 어찌어찌 당신 여행 길
서둘러 주시려나요.

24

당신이 가까이 다가가면
다샤르나는
뜨락들을 온통
가시 끝에 피어난 새하얀 께따까 꽃으로
둘러칠 터이고
마을의 성스런 나무들엔
고수레 밥 먹고 자란 새들
둥지 틀기 분주하겠지요.
새까맣게 잘 익은 잠부 열매[25] 주렁주렁
숲 가에 매달려 있어
황새들 며칠인가 거기 묵어가겠지요.

---

25) 잠부 열매 : 자문이라는 키 큰 나무에서 열리는 열매로 새까맣고 반
   질거리며, 포도만한 크기로 약간 떫은 맛이다.

위디샤,
사방에 그 이름 널리 알려진
그 곳 도성에 이르면
당신 사랑놀이의 결실, 죄다
곧장 얻을 수 있을 것이어요.
그 강변에
당신이 우르릉 꽝 내리신 천둥에
눈살 살짝 찌푸린 귀여운 얼굴처럼
잔물결 일렁이는 웨뜨라와띠 강
단물 들이킬 수 있기 때문이지요.

그 곳,
니짜이스 산에서 한숨 돌려 쉬다 보면
그 산,
당신의 다정한 어루만짐에
새하얀 까담바[26] 꽃송이 활짝 피워 보이며
전율이라도
느끼는 듯 할 거여요.
그 산,
아랫 마을 젊은이들 주체 못할 젊음 과시하듯
동굴마다엔 몸 파는 여인들과
사랑놀음에 뿌린 향수 냄새
진하게 풍겨 나오겠지요.

---

26) 까담바(Kadamba) : 싼쓰끄리뜨 시에서 즐겨 쓰이는 이 꽃은 첫 빗
  방울을 맞고 갑자기 꽃봉오리를 터뜨려 전율을 느낄 때 몸털이 곤두서
  는 것에 비유되곤 한다.

27

폭 쉬었거든 이제
와나나디 강변을 죽 이어 늘어선 뜰에
신선한 물방울로 흠뻑 적신
쟈스민 꽃들 만나 보시고
뺨에 흘러내린 땀방울 걷어 내느라
귀에 걸은 연꽃 망가져 버린
꽃 꺾는 아낙들 얼굴에
그늘이나 잠시 드리워 주신 뒤
길을 떠나셔요.

28

가시는 길 조금 구불거려도
북쪽으로 길을 잡으시어
희고 높은 우자이니[27] 집 꼭대기 두고
그냥 가지 마시어요.
당신이 내리시는 번갯불에 깜짝 놀라
눈꼬리 떠는
그 도시의 어여쁜 처자들 즐기지 못하신다면
눈이 있은들 무슨 소용 있을까요.

27) 우자이니(Ujjayinī) : 아완띠(Avanti)라는 옛 나라의 수도로 깔리다
  사가 태어났거나 적어도 오래도록 살았던 것으로 보이는 곳이다. 그
  의 후원자라고 전해지는 위 끄라마디띠야(Vikramaditya) 왕이 다스
  리던 곳이다. 오늘날까지 힌두의 전통을 잘 전해주는 골 깊은 힌두 고
  장으로 힌두 순례자들에게는 와라나시(바라나시), 마투라 등과 더불
  어 일곱 개 성지 가운데 하나이다.

29

강 물결에 맞부딪혀 소리 내지르며
줄지어 날으는 새들을 허리띠 삼아
소용돌이 배꼽 내보이며
굽이쳐 흐르는 니르윈댜 강,
가는 길에 들르시어
그 사랑의 단물 맛보시어요.
여인들이 연인에게 내던진
맨 처음 사랑의 언어란
바로 애교스런 몸짓이니까요.

30

한 가닥으로 땋아 내린
혼자된 아낙의 머리처럼
가늘게 말라붙은 신두[28] 강물
강가에 자라난 나무들이 내버린 시든 잎으로
누렇게 뜬 빛깔의 그 강 지나실 땐
오, 복 많은 이여
헤어짐의 설움 이렇게 드러내 보이던
그 강
당신 오심에
빼빼 마른 그 몸뚱이 금새 내버리겠지요.

28) 신두(Sindhu)라는 단어는 두 가지로 해석이 가능하다. 첫째로 신
두 자체가 '강' 이라는 뜻을 지니고 있어 앞의 시에 나오는 니르윈댜
(Nīrvindhyā) 강을 받는 대명사로 쓰일 수도 있다. 전통적인 주석가
들은 니르윈댜 강이라 했으며, 요즘 학자들은 말와(Mīlva) 지역에 있
는 깔리신두(Kīlisindhu) 강을 뜻한다고 해석한다(위의 해석).

31

입담 좋고 나이 지긋한 동네 노인들
우다야나[29] 이야기 들려주는
아완띠에 들른 뒤엔
내가 전에 일러준 위샬라[30]로 가셔요.
거긴,
반짝반짝 빛나는 하늘나라 한 조각
하늘나라 살다가 세상에 내려온 이들의
나머지 공덕
그들 선행의 결실
이 땅에 갖다 놓은 듯할 거여요.[31]

---

29) 우다야나(Udayana) : 와뜨사(Vatsa)의 왕이 된 태음족의 왕자로,
  그의 이야기는 맨 처음 브르하까타(Bṛhakathā)라는 제목으로 구나댜
  (Guṇādhya)가 쁘라끄르뜨로 쓴 것을 쉐멘드라(Kshemendra)와 소
  마데와(Somadeva)가 싼쓰끄리뜨로 옮겨 적었다. 그 가운데 소마데
  와의 까타사리따사가라(Kathāsaritasāgara)에 포함되어 있는 것이
  유명하며, 최근에 발견된 바사(Bhasa)의 희곡 스와쁘나와사와다따
  (Svapnavāsavadattā)의 주인공이기도 하다.
30) 위샬라(Viśalā) : 우자이니의 다른 이름.
31) 웨단따(Vedantā) 철학에 따르면, 이 세상에서 선행을 한 사람들은
  죽은 뒤 하늘나라에 태어나 그 결실을 즐기다가, 그 공덕이 다하면 다
  시 세상에 태어난다고 한다. 여기서는 하늘나라에 살다 이 땅에 태어
  난 이들의 공덕이 하늘나라에 조금 남아있던 것을 풍요로운 우자이니
  땅을 빌어 신들이 보내 준 것으로 표현하고 있다.

그 곳에 동이 틀 때면
향기로운 연꽃에 다정히 입맞춤한
쉬쁘라의 바람,
두루미 목청 돋우어, 취한 듯
긴긴 노랫가락 흘러나오게 해 주고
사랑놀이에 나른해진 아낙의
늘어진 몸뚱이에
은밀히 속삭이는 연인처럼
살포시 다가가 노곤함 풀어 준다지요.

33

가운데엔
보석으로 해 넣은 진주 목걸이,
소라고둥, 진주조개,
빛을 쏘아대는
갓 나온 여린 풀빛 에메랄드,
산호들이
무더기로 장터에 나와 있는 걸 보시면
바다엔 마치
물만 남아 있는 것 같을 거여요.[32]

34

여기는 와뜨사 임금이 쁘라됴따의
사랑하는 딸을 몰래 데려왔던 곳.
여기는 그 임금의 빛나는 딸라나무 숲,
그가 산책을 즐기던 곳.
여기는 또 코끼리 날라기리[33]가 포효하며
묶어 둔 기둥을 뽑아 버렸던 곳이라며
옛 이야기 좋아하는 사람들이
찾아온 친척들에게 이야기를 들려준다지요.[34]

33) 날라기리(Nalagiri) : 바사의 스와쁘나 와사와다타가 모델로 삼았던
   까타사리뜨사가라에 따르면 마하세나(Mahāsena)는 용맹무쌍해서,
   대적할 자 없는 왕이었다. 그는 자기 살점을 떼어 짠디(Caṇḍī) 여신
   을 흡족하게 하여 보검과 코끼리 날라기리를 선물로 받는다. 그 코끼
   리는 인드라의 코끼리 아이라와따(Airavata)와 대적할 만큼 괴력을
   지녔다 한다.
34) 스와쁘나와사와다타 이야기이다. 짠다마하세나(Caṇḍamahāsena),
   나중에는 쁘라됴따(Pradyota)라 불리던 우자이니 왕에게 와사와다타
   라는 딸이 있었는데, 산자야(Sanjaya)라는 왕과 결혼시키고 싶어하였
   다. 와사와다타는 꿈속에서 와뜨사의 왕인 우다야나를 보고 그를 사랑
   하게 되어 자기의 사랑을 우다야나에게 전한다. 이를 알게 된 쁘라됴따
   는 우다야나를 자기 나라에 가두나 우다야나의 요겐드라(Yogendra)
   라는 대신이 그를 풀어주고, 와사와다타를 자기 나라로 납치해, 거기서
   결혼한다. 왕의 사랑이 지나쳐 요겐드라는 다시 와사와다타와 상의하
   여 그녀가 죽은 걸로 가장하여 여러 사건을 치르게 한 다음 다시 만난다
   는 이야기다.

35

머리를 말리느라
망사창 틈새로 흘러나온 향긋한 연기로
당신의 몸 부풀리시고
집에서 기른 공작새[35]
멋드러진 춤사위로
형제의 정 보이며 당신을 맞으면
꽃 향기 그득하고
우아한 여인들 빠알간 발자욱 찍힌[36]
아름다운 집 눈구경하시고
여행의 피로 쫓아버리셔요.

---

35) 공작새는 비가 오면 멋진 춤을 추며, 그래서 구름에게 형제의 정을
　　느낀다는 표현이 흔히 쓰인다.
36) 인도 여인들은 장식의 일종으로 손 발바닥에 빨간색을 칠한다. 새로
　　바른 물감 때문에 찍힌 발자욱을 묘사한 것이다.

주인님의 목 색깔과 같네!

가나[37]들

이렇게 생각하며

당신을 우러러볼 때면

짠디의 주인, 삼계의 어버이[38]가

머무는 성스러운 집으로 가 보셔요.

그 뜨락은

간다와띠에서 불어오는 바람에 살랑일 테고

그 바람은

물놀이에 정신팔린 젊은 아가씨들이 뿌린

향수랑 연꽃가루에 섞여

몹시 향기로울 터여요.*

---

37) 가나(Gaṇa) : 쉬와의 시종들.
38) 쉬와를 뜻함. 짠디(Caṇḍī)는 빠르와띠가 검고 무서운 모양을 하고
    있을 때 부르는 이름이다.
* 참조 : 독을 마신 쉬와, 빠르와띠

어정쩡한 시각에
마하깔라[39]에 이르시거든
오 구름이여,
태양이 당신 시야에서 벗어날 때까지 거기서
기다리셔야 해요.
그러면
쉬와께 저녁 공양 올릴 때[40] 울리는
북 소리와 잘 어우러진
당신의 깊고 그윽한 울림은
충분히 제 몫을 해낼 거랍니다.

---

39) 마하깔라(Mahākāla) : 우자이니에 있는 유명한 쉬와의 절.
40) 산댜(Sandhya)라 하여 여명과 황혼에 올리는 공양 시간을 뜻한다.
  이때는 북을 치고 소라를 부는 등 소리 공양이 함께 하여 천둥소리와
  어우러질 것이라는 뜻이다.

38

그 절
춤추는 소녀들,
몸에 난 손톱 자국에다
당신의 첫 빗방울 받아 내곤
춤사위 발을 내딛다 나는
쩔렁이는 허리띠 소리랑[41]
보석빛에 뒤엉킨
손잡이 긴 부채 우아하게 흔들다
지친 손으로
줄지어 선 벌떼 같은 긴 긴 곁눈질
당신에게
쏘아대겠지요.

---

41) 데쉬까(Deśika)라는 춤을 출 때, 무희들이 손으로 옷 끝을 잡거나
긴 부채를 들고 움직이면, 발목에 찬 자잘한 방울이며 허리에 내두른
방울들이 찰랑거리는 소리를 낸다.

39

그 다음

쉬와께서 춤사위 시작할 때[42]

그의 높다란 나무팔 숲에 동그랗게 걸터앉아

갓 피어난 자빠 꽃처럼 붉은 당신의 황혼빛으로

코끼리 생가죽 바라는 생명의 제왕

욕망을 채워 주시어요.

이렇듯 몸을 바치면

흔들리던 마음 다시 잠잠해진 바와니[43]

고요한 눈으로 당신을

바라보겠지요.

---

42) 쉬와가 나뜨라자(Natrāja, 춤의 제왕)로 몸을 바꾸어 춤출 때, 여러
  개(10 또는 20개)의 긴 팔을 흔들어대는 모습을 숲에 비유하였다. 그
  가 딴다와(Taṇḍava)라는 무서운 춤을 출 때면 피가 흐르는 코끼리 생
  가죽을 뒤집어쓴다. 이는 가자(Gaja, 코끼리)라는 아수라(Asura)가
  쉬와의 절에 숨지 않으면 신들을 정복하고 성자들을 파멸시켜 버린다
  하여, 이를 염려한 쉬와가 그를 달구어 가죽을 벗겨 내 춤출 때 뒤집어
  쓴다 한다.
43) 바와니(Bhavanī) : 빠르와띠의 다른 이름. 쉬와가 피 흘리는 코끼리
  가죽을 쓰고 춤을 출 때 흔들리던 마음이 구름인줄 알고는 잠잠해질
  것이라는 뜻이다.

길을 가다
바늘 끝으로 겨우 헤쳐갈 만큼 어둠이 짙어져
시야가 가려질 때면,
연인 집에서 밤을 지새려 떠나는 여인들에게
시금석 위에 그려진 노오란 금줄 같이
반짝이는
번개로 길을 밝혀 주서요.
빗물이랑 천둥은 내보내면 안 된답니다.
여인들이란 쉽게 놀라지 않던가요.

41

그날 밤은
비둘기 떼 깃들어 사는 어느 집 지붕 아래서
불꽃 내리느라 고단해진 오랜 당신의 짝
번개와 함께 보내시고,
태양이 다시 떠오르거든 나머지 가야 할 길
마저 떠나셔요.
벗의 일을 떠맡은 사람에게
늑장이란 없는 법이니까요.

42

그 시각
밤마실 나갔던 남정네들
눈감아준 집사람 눈물 닦아내야 하니
태양이 가시는 길 재빨리 비켜나서야 해요.
태양 또한
밤새 기다리느라 연꽃 고운 얼굴에 맺힌
눈물 같은 이슬방울 지워 주려 돌아오는 중이니
당신이 그의 빛 손길 방해하신다면 그건
해서 마땅한 행동이 결코 아닐 것이어요.

감비라 강물에서는
본디 고운 당신의 그림자마저
맑디맑은 그녀 가슴속으로
들어간 듯 할 거여요.
그러니
연꽃처럼 새하얀 송사리 떼
빠르게 움직이며 튀어 올라
강물이 마치 눈흘긴 듯한 그 모습을
목석처럼 모른 체하면 아니 되어요.

44

강변 엉덩이에서 흘러내려 와
수수 줄기로 살짝 떠받친 듯한
그녀의 푸른 물 옷 벗겨 내신 뒤엔
오, 벗이여
당신의 길을 재촉하기 어려운 줄 내 알고 있답니다.
한 번 쾌락을 맛본 사람이
여인의 허리께까지 흘러내린 옷을
어찌 그냥 두고 떠나겠나요.

45

당신이 내려 주신 빗물에
싱그러워진 대지
거기 닿아 서늘한 바람,
코끼리들 그렁거리며
즐거이 들여마실 테고
그 바람은
들 우둠바라 열매 익게 하겠지요.
당신이 데와기리로 가신다면
아랫녘에서 그 바람
살랑살랑 불어대겠지요.

당신의 모습을 꽃구름으로 바꾸시어
그 곳 데와기리에 마냥 살 거라는 스깐다에게
하늘 강가 물 담아
젖은 꽃비 내려 미역 감게 해 주시어요.
그는
초생달 머리에 인 쉬와가
인드라 군대 보호하려고
불의 신 입에서 그를 자라나게 하였으니
태양보다 밝은 빛 지니고 있다지요.*

---

* 참조 : 스깐다, 강가와 사가라, 쉬와

47

그런 다음,
산을 에워 돌며 더욱 커진
당신의 우르렁 소리로
쉬와의 머리에서 쏟아지는 달빛에
양쪽 눈가 환해진 스깐다[44]의 공작새
춤추게 해 주셔요.
둥근 무늬 수놓아진 떨어진 그 깃털은
자식 사랑하는 마음에 바와니가
푸른 연꽃잎이랑 귀에 걸고 다닌다지요.*

44) 빠와 낀(Pāvakin) : 빠와 까(아그니의 다른 이름)의 아들, 곧 스깐다.
* 참조 : 스깐다

48

이렇듯

샤라 갈대밭에서 태어난 신을 잘 시봉한 뒤

길을 조금만 더 가다 보면,

빗물 들을까 겁낸

위나[45] 든 싣다들 쌍쌍이

당신께 길을 열어 줄 것이어요.

그러면

거기 잠시 멈추어 서서

수라비[46]의 딸들 무더기로

신들께 제사지냈던 란띠데와[47]의 영예가

이 땅에 그대로 현신한 강에

예를 올리고 가셔요.*

---

45) 위나(Vīaa) : 기타처럼 생긴 악기.

46) 수라비(Surabhi) : 하늘나라의 소로 수없이 많은 새끼를 가졌으며,
　　수라비의 딸들은 암소들을 일컫는다.

47) 란띠데와(Rantideva) : 뿌루족의 후예로 샤꾼딸라의 아들 바라따로
　　부터 여섯 번째 왕. 자비롭고 부유하며 종교적이었던 그 왕이 다시 태
　　어나 강이 되어 지금의 북인도 참발(Chambal) 지역에 흐른다 한다.
　　많은 소를 제사지내다 흘린 피로 지금도 강물이 붉은색이라 한다.

* 참조 : 스깐다

49

끄르슈나[48)의 피부를 훔쳐낸 듯한 당신이
그 강물 마시려 몸을 굽힐 때면,
하늘을 걷는 이들
틀림없이 눈을 돌려 내려다보겠지요.
비록 넓어도 먼데서 보면
가냘픈 그 강,
한가운데 커다란 사파이어 보석 해 넣은,
한 줄로 꿰진 대지의 목걸이 같다며.*

---

48) 위슈누의 화신 끄르슈나는 문자 그대로 '피부색이 검은 자'라는 뜻
　　이다. 먹구름을 보고 하늘을 다니는 이들(싣다, 간다르와 등의 반신
　　반인)이 끄르슈나로 착각함.
＊ 참조 : 끄르슈나

그 강 건너
다샤뿌라 여인들 눈에
호기심 줄 만한 모습으로
몸 바꾸시어 길을 가 보셔요.
그 여인들
눈썹 곱게 찌푸리는 멋도 알고
눈꺼풀을 치켜 들면
검은 눈동자 다채로운 빛을 비추어
마치 꾼다 꽃[49]을 쫓던 검은 벌들이
꽃 속에서 튀어나오는 아름다움을
훔쳐온 듯 할 거여요.

---

49) 꾼다(Kunda)꽃 : 자스민의 일종으로, 하얗고 아름다운 그 꽃에 커다
    란 검은 벌이 앉아 있는 모습을 맑고 고운 여인들의 검은 눈동자와 흰
    자위에 비유하였다.

51

당신의 그림자로 이제
브라흐마와르따 지역에 잠기어
크샤뜨리야 전쟁으로 대변되는 꾸루의 들녘,
꾸룩쉐뜨라[50]에 가 보시어요.
그 곳은 간디와 활 가진 이가[51]
왕들의 머리 위에
수백의 화살비를 내리붓던 곳이어요.
당신이 연꽃 위에
거센 소낙비 쏟아붓던 것처럼 말이에요.

---

50) 꾸룩쉐뜨라(Kurukṣetra) : 꾸루의 들녘. 마하바라따에 나오는 사촌
    간인 빤다와(Pāṇḍava)들과 까우라와(Kaurava)들의 전쟁이 일어났
    던 곳으로 힌두 성역 가운데 하나.
51) 마하바라따에 나오는 빤다와들 가운데 셋째인 아르주나(Arjuna)의 활
    이름이 간디와(Gāndīva)이다. 그는 특히 활쏘기에 능하며 가장 뛰어난
    장수로 꼽는다. 간디와 활을 들고 있다 하여 간디와단와(Gāndīa-
    dhanva)로 불리기도 한다.

레와띠[52]의 눈이 담긴
좋아하던 술 마다하고
혈육 사랑하는 마음에,
전쟁에서 얼굴 돌리던 쟁기꾼 발라라마가
자기를 씻어 냈던 사라스와띠 그 강물에
오, 온화한 이여
당신도 적셔
겉은 비록 검되 마음일랑 깨끗이
맑혀 가시어요.*

---

52) 레와띠(Revatī) : 위슈누의 화신이라고 알려진 발라라마(Balarama)의
　　아내. 인도에서 아내와 더불어 술 마시는 것은 신이거나 인간이거나
　　똑같은 습관인 듯하다. 술 따르던 잔에 레와띠의 눈이 담긴 것을 표현.
* 참조 : 발라라마

53

거기서부터,
까나칼라[53) 가까이 있는
산들의 제왕, 히말라야에서 흘러 내려오는
자누의 딸 강가,
사가라의 아들들이 하늘에 오를 수 있도록
계단이 되어 주고,
달[54) 까지 내뻗은 물결 손으로
쉬와의 어깨 움켜잡으며
얼굴 찡그린 가우리 향해[55)
웃고 있는 강가에 가서야 해요.*

53) 까나칼라(Kanakhala) : 강가가 평지로 흐르고 있는, 하르드와르
   (Hardwār) 부근에 있는 성지. (H.P주)
54) 쉬와의 머리에 강가와 더불어 얹혀 있는 초승달.
55) 깔리다사는 여기서 쉬와의 머리에서 물결치는 강가와 가우리(빠르
   와띠)를 시앗 관계로 묘사하고 있다. 늘 머리에 있는 강가가 이를 못
   마땅해하는 빠르와띠를 비웃는다고 생각.
* 참조 : 강가와 사가라, 빠르와띠

54

혹시, 수정구슬처럼 마알간

그 강물 들이마시고 싶거든

당신의 뒷 몸일랑

하늘 코끼리[56] 그러하듯 하늘에 걸어 두고

당신의 그림자일랑 물결에 잠궈

그 물결 살살 움직여 가면

강가는 마치 때 아닌 곳에서 야무나를 만난 듯[57]

아름다와 보일터여요.*

56) 하늘 코끼리(수라가자 Suragaja) : 인드라의 코끼리 아이라와따 또는
    팔방을 지키는 코끼리들.
57) 보통 강가는 흰 빛, 야무나는 검은 빛을 띠고 이 두 강은 알라하바드
    (Alahabad)에서 만난다고 한다. 먹구름을 야무나 강에 비유하여 알
    라하바드가 아닌 곳에서 야무나를 만난 듯한 강가 강을 표현.
* 참조 : 아이라와따

55

새하얀 눈과 사향으로 그득한
그 강의 뿌리산에 이르시어
고단함일랑 잊으려
향기 진한 그 꼭대기에 잠시 걸터앉으면
당신은 세눈신 쉬와의 흰 소가 파헤친
윤기 나는 흙 무더기와 견줄 만큼
아름다워 보이겠지요.

바람이 불어오면
사랄라 나뭇가지에서 일어난 산불은
짜마리[58)]의 길고 무성한 꼬리
불길로 삼켜 버리며
산을 힘겹게 할 터이니
당신의 수천 물줄기로
그 산을 편안하게 해 주심이 좋겠지요.
자고로 고결한 사람들이란 자기 가진 것
고통받는 이들에게 고루 뿌려 주는 것 아니던가요.

58) 짜마리(Camarī) : 짜마라(Camara)는 사슴의 일종이며, 짜마리는
  그 암컷이다.

57

당신이 내리는 소리에
길길이 화가 난 샤라바[59]들
무서운 속도로 당신을 찢으려 튀어 오르거든
돌덩이 우박 세차게 내려
오히려 그들 몸뚱이만
흩어지도록 하셔요.
쓸데없는 일에 헛수고만 하는 이들을
사람들은 비웃지 않던가요.

---

59) 샤라바(Śarabha) : 사자를 죽인다는 전설적인 새로 여덟 개의 다리를
갖고 있으며 네 개는 등 위에 있다 하여 우르드와(위) 빠다(발) (Urdhva-
pāda)라고도 불린다. 여기서는 천둥소리를 사자가 포효하는 소리로
잘못 들은 샤라바들이 구름을 공격할 것이라는 표현이다.

초생달 머리에 이고 계신 쉬와의
발자욱 또렷이 찍힌 바윗돌,
감각기관이 모두 소멸한 뒤엔
모든 속박에서 벗어나는 걸 안 싣다들이
가나의 자리 영원히 얻기 위해
온 정성 다 바쳐
끊임없이 공물 바치는 그 곳,
오른쪽으로 돈 다음 떠나셔요.

59

바람으로 꽉 메워진
대나무 싱그러운 소리
낀나라[60]들
세 도시 정복한 쉬와를 환호하여 즐겁게 노래하듯
당신의 소리는
동굴 속을 에워돌아 마치
그윽한 북소리처럼
만물의 제왕 쉬와의 연주회를
장식하는 듯 하겠지요.*

---

60) 낀나라(Kinnara) : 글자 그대로는 '사람인가' 하는 뜻이다. 반신반인
의 종족이며 몸뚱이는 인간이되 말의 얼굴을 하고 있다 하여 붙은 이
름이다.
* 참조 : 세 도시를 정복한 쉬와

궁금한 것도 많은
히말라야 산자락을 넘어서는
북쪽으로 가서요.
당신의 긴 자락 끌고 끄라운짜 산 큰 주둥이,
두루미들이 마나사로 가는 문이며
브르구 가문에서 가장 뛰어난
빠라슈라마의 길이었던
그 곳을 지나가면
당신은 마치
발리 내리누르려는
위슈누의 까만 발과 같아 보이겠지요.[*]

---

[*] 참조 : 빠라슈라마, 와마나

61

이제 더 높이 오르시어
까일라사 산의 손님이 되어 보셔요.
그 산의 꼭대기 마디를
대가리 열 달린 악마 라와나가
슬쩍 풀어놓으려 했다지요.
그 산은 신들의 아내들에게는
맑은 거울되어 주고
날마다 날마다 쌓아 온
세눈신의 화안한 웃음처럼
흰 연꽃 같은 봉우리를 하늘에 처억
걸쳐두고 있다나요.[*]

---

* 참조 : 라와나

반질반질 윤나는 가루 안자나[61] 마냥
까만 당신이 그 자락에 떠-억 걸터앉을라치면
이제 갓 베어 낸 상아처럼 새하얀 그 산은
눈도 깜짝이지 못할 만큼 아름다워 보일 거여요.
쟁기꾼 발라라마가 검은 옷 어깨에 척
걸쳐 입은 것처럼요.*

61) 안자나(Añjana) : 눈 주위에 바르는 새까만 가루. 보통 어린아이들
   에게 바르며 잡귀를 쫓기 위해 혹은 장식용으로 바르기도 한다.
 * 참조 : 발라라마

63

쉬와의 뱀 팔찌 풀어
도움의 손길 얻어 낸 가우리가
그 즐거움의 봉우리
노닐듯 걷고 싶어하거든
물로 당신을 꽉 채워
그녀가 보석의 산자락 오르도록
물결 계단 만들어 주시어요.*

* 참조 : 쉬와, 빠르와띠

거기서 당신이
빗물을 내리부을라치면
하늘 아가씨들,
보석 박힌 팔찌 끝으로 받아내어
당신을 분명 미역 감는 물뿌리개쯤으로
만들어 버릴지도 모릅니다.
그러면, 벗이여
당신은 여름에 내릴 빗물을 저장할 수 없을지도 모르니
그들이 지나치게 노니는 것이 겁나도록
당신의 천둥소리로 귀를 괴롭히면 되지요.

65

금연꽃 태어난 마나사[62] 호숫물 들이키시다
아이라와따의 얼굴 잠시 가려 주어
행복하게 해 주시고
소원 들어주는 나무들[63]에게는
새싹들이 마치 옷인 양
당신의 바람으로 간지럽혀 주셔요.
이렇듯
오, 구름이여
여러 몸짓으로 산들의 제왕을
맘껏 즐기시어요.*

---

62) 마나사(Mānasa) : 히말라야 꼭대기에 있다는 호수로 여기에서 목욕
   하면 해탈을 얻는다는 믿음이 있다.
63) 소원을 들어주는 나무(깔빠드루마 Kalpadruma)들 : 모두 다섯으로
   만다라(Mandara), 빠리자따(Parijāta), 산따나(Saṇtāna), 깔빠우륵
   샤(Kalpavṛsa), 뿡시(Puṇsi) 또는 하리짠다나(Haricandana).
* 참조 : 아이라와따

66

오 마음대로 돌아다니는 이여
거기서 흘러나온 강가를 옷 삼아
연인의 품속인양
산자락에 비스듬히 누워 있는
알라까를 알아보기는 그리 어렵지 않을 터여요.
그 곳엔 높다란 집들이 많고
여인들이
머리 속에 매달린 진주 끈을 풀어헤치듯
이제 당신의 계절
구름 떼 모여들어 비를 내리붓고 있겠지요.

우따라메가

우따라메가

1

그 곳
커다란 집들은
이래저래 당신과 비교할 수 있을 터여요.
당신은 번쩍이는 번개를
집들은 우아한 여인들을,
당신에겐 인드라의 활 무지개가
집들엔 알록달록한 그림들이,
당신에게서는 깊고 그윽한 천둥소리 나며
집에선 연주회를 위한 북소리 울리고,
당신 속에 물이 담겨 있다면
사파이어 보석 박힌 마루로 단장한 집은
마치 물이 담긴 듯하고,
당신이 하늘에 걸터앉아 있듯
집 꼭대기들 마치 하늘을 찌를 듯할 테니까요.

2

알라까에선
아리따운 소녀들
손에 손에 우아한 연꽃 들고
갓 피어난 꾼다 꽃으로
머리 속 갈래갈래 늘어뜨렸으며
미인들은 로드라 꽃잎으로 뽀얗게 얼굴 칠하고
댕기머리엔 싱싱한 꾸라바까 꽃 매달며
아름다운 시리샤 꽃은 귀에 걸고
당신 오시어 피어난 니빠 꽃으로는
곱게 가리마 타고 있을 거여요.

3

그 곳엔
나무들 언제나 꽃을 피워
벌들은 취한 듯 윙윙거리지요.
연꽃은 늘 만발해 있고
두루미 떼는
허리띠 마냥 비잉 둘러싸고 있지요.
집에서 기른 공작새 항상 아름다운 꼬리털 편 채
목을 늘여 빼고 있고요.
밤은 끊임 없는 달빛에 빛나고
짙은 어둠은 사라졌지요.

4

그 곳,
부의 왕을 따르는 약샤들은
눈물을 흘리되
다름 아닌 기쁨의 눈물이요,
열병에 시달리나
이는 꽃화살 든 사랑신 때문이고요,
그것은 열망하는 이를 만나면 곧 없어진답니다.
사랑싸움 아니면 헤어짐도 없고
젊음 말고는 어떤 나이도 오질 않는답니다.*

---

* 참조 : 까마데와

5

그 곳 약샤들은
하얀 진주로 치장하여
별 그림자 마치 꽃 장식한 듯한 큰 집,
거기 딸린 술잔치 마당에
최고로 예쁜 여인들이랑 나란히 가서
깔빠우륵샤[1]가 내준 사랑의 묘약
라띠팔라 술을 즐긴답니다.
이럴 땐 어김없이 당신의 그윽한 소리 닮은
북소리 울리지요.

1) 소원을 들어주는 나무

6

신들에게서도 구혼 받은 어여쁜 처녀들
만다끼니 서늘한 물방울 실은 바람이 보살피고
그 강변에 자란 만다라 나무그늘 더위를 몰아주며
손에 모아쥐어 금모래 속에 숨겨둔 보석
다시 찾아내는 놀이에 열중이랍니다.[2]*

---

2) 구다마니(Gūdhamani, 보석 숨기기) 놀이라 하여 신의 딸들이 또는
   여신들이 즐겼다는 놀이로 숨겨진 보석 찾기 놀이이며, 이와 비슷한
   놀이가 지금도 널리 퍼져 있다.
* 참조 : 강가와 사가라

7

빔바 같은 입술의 여인들
사랑 나누려 옷고름 풀리면 부끄러워
한줌의 향기로운 가루
등불에 뿌릴라치면
열정에 불타는 남정네들
재빨리 나꿔채
혹시
제대로 등불에 뿌려진다 해도
부질 없는 짓이랍니다.
보석 등불이 눈부시게 빛나고 있기 때문이지요.

8

당신 같은 구름이
발걸음 바지런한 바람에 실려 와
칠 층짜리 높은 집 꼭대기에 내려앉으면
물방울 담긴 그 구름
집안의 그림 망가뜨려 놓고선
불현듯 무서운 양
망사창 사이로 도망치는 모습은
연기가 슬며시 스며나와 부서지는 모습 같지요.

9

한 밤
당신이 슬쩍 비켜 주어
희고 맑은 달빛으로
애인의 껴안은 팔 느슨해지면
사랑놀음에 노곤해진
여인들의 피로가 달아나겠지요.
달빛 보석[3] 망사에 매달려
굵은 물방울 뚝뚝 떨어뜨릴 때면.

3) 달빛 보석(짠드라깐따 Candrakānta) : 달빛이 응축되어 만들어졌다
   는 보석으로 달의 밝은 빛이 그 위에 비치면 다시 물방울이 되어 차고
   맑은 이슬을 떨어뜨린다고 한다.

10

집에

마르지 않는 보석 간직한

욕정에 불타는 이들

가장 아름답다는 하늘의 몸 파는 여인들 동반하여[4]

와이브라자[5]라는

알라까 동구 밖 뜨락에 모여들어

목청 좋은 낀나라들과 더불어

열정적인 목소리로 부의 제왕

꾸베라의 명성을 노래한답니다.

4) 고대 인도에서 몸 파는 여인은 천한 직업이었으나 부와 명예를 함께
 하여 누구도 무시하지 못했다. 인간들에게 매춘부가 있었던 것처럼
 압싸라싸라는 요정이 신들 또는 하늘 사람들의 매춘부 역할을 한다.
 여기서 몸 파는 여인들은 압싸라싸들로 모두 빼어난 미모를 지니고 있
 다고 알려져 있다.
5) 와이브라자(Vaibhrāja) : 쉬와의 추종자인 위브라자(Vibhrāja)가 지
 키는 뜰로 짜이트라라타(Caitraratha)라는 이름으로 더 잘 알려져 있다.

11

그 곳에 해가 뜨면
허둥대던 그 여인들 걸음걸이 때문에
머리에서 떨어져 내린 만다라 꽃으로
귀에 걸었던 잎 마른 금연꽃으로
부푼 가슴엔 실 끊어진 진주 목걸이로
사랑을 찾아 여인들이 걸었던 밤길임을
알 수 있답니다.

12

그 곳엔
깔빠우륵샤 나무 혼자서
여인들의 치장거리 다 만들어 준답니다.
색깔 고운 옷감이랑
여인들의 눈을 황홀하게 움직이게 하는 술,
아주 특별한 장신구인
새싹이랑 함께 달린 활짝 핀 꽃송이,
연꽃처럼 고운 발에 칠할
빨간 물감이랑 말이에요.

13

짙은 초록 잎새 같은 말들은
태양의 준마와 견줄 만하고
산처럼 우뚝한 코끼리들 숨을 뿜어내면
당신이 마치 소낙비 내리는 것 같지요.
무사들은 전장에서 라와나와 마주하다
라와나의 칼 짠드라하사에 입은 상처로
다른 장식이 무색해진답니다.*

---

* 참조 : 라와나

14

사랑의 신은
꾸베라의 절친한 벗 쉬와가 그 곳에
몸뚱이로 머문다는 사실을 알아
보통 내쏘는 벌 화살줄은
겁이 나서 휘두르지 못한답니다.
대신 그 곳에선
총명한 여인들이 귀여운 몸짓만으로
일을 다 해내는 거지요.
욕정에 불타는 사람에겐
눈살을 살짝 찌푸리며
표적에게 던지는 눈길을
절대 그냥 지나칠 수 없는 일이지요.*

---

* 참조 : 까마테와, 꾸베라

15

꾸베라 성 북쪽을 보면 우리 집이 있는데
멀리서도 쉬이 알아볼 수 있을 거여요.
무지개처럼 고운, 동그란 활 모양 대문이 있고
그 옆엔 내 아내가 아들이라 여기며 기른
어린 만다라 나무에 손 뻗치면 닿을 만큼
꽃을 흐드러지게 피워내고 있을 거예요.

16

우리 집엔 연못도 있답니다.
거긴 에머랄드로 만들어진 계단길이 나 있고
번질거리는 청금석 줄기 가진 금연꽃이 활짝 피어 있어
근심 걱정 다 버린 두루미들
그 물에 집 짓고 살면서
우기를 알리는 당신을 보고서도
마나사 호수에 갈 생각하지 않는답니다.

17

호숫가 빙둘러
눈부신 금빛 바나나 나무 둘러쳐지고
꼭대기엔 사파이어 보석으로 수놓은 놀이동산이 있답니다.
내 아내가 제일 좋아하던 곳이라 생각하니
가슴이 저미는군요.
번개 담은 당신을 보니, 오 벗이여
그 산 생각이 간절하답니다.

18

그 동산엔
아쇼까 나무 어린 잎새 살랑거리며 서 있고
마다위 덩굴 나무그늘 가까이 새뜻한 께사라 나무가
꾸라바까 풀로 울타리 쳐져 있답니다.
아쇼까 나무는 나와 더불어
당신의 벗, 내 아내의 왼발길질 애태우며 기다리고
께사라 나무 또한 도하다라는 핑계거리로
내 님 입에서 한 모금 술 뿌려지기만 기다린답니다.[6]

6) 얼핏 보면 좀 엉뚱한, 그러나 싼쓰끄리뜨 문학에서는 아주 보편적인
개념이 몇 개 있다.
위 시에서 보이는 것처럼, 아쇼까(Asoka) 나무는 그 동네에서 가장
아름다운 여인이 왼발로 차 주어야만 꽃을 피우고, 께사라(Kesara)
또는 바꿀라(Bakula) 나무는 아름다운 여인이 입으로 술 한 모금 뿌
려 주면 꽃을 피운다는 등의 이야기다. 여기서 도하다(Dohada)라는
임신 중의 입덧 같은 개념이 나오는데, 이런 나무들은 꽃을 속에 머금
고 아름다운 여인들이 어떤 행동을 취해 주길 기다리고 있다는 것이
다. 도하다라는 말은 물론 임신 중의 여인에게 쓰이는 말로, 뭔가 일
상과는 다른 야릇한 것을 몹시 갈망한다는 뜻이다.

19

이 두 나무 사이엔 금빛 횃대가 있는데
어린 대나무처럼 번질거리는 보석 밑둥을 하고
수정 널빤지 위에 서 있답니다.
그 위에선 당신의 벗 공작새가 날이 저물어 갈 무렵
내 아내의 박수에 어쩔 수 없이 춤을 추다가
아내의 딸랑거리는 팔찌 소리에 기분이 좋아진답니다.

이러이러한 표지들을 마음에 새겨 두고

대문 양쪽에

샹카와 빠드마[7] 문양 아로새겨진 걸 보신다면

우리 집을 금새 알아보실 수 있을 거여요.

지금은 내가 없으니

조금 우중충한 기운이 감돌겠지만 말이에요.

태양이 사라지면 연꽃은

그 아름다움 잘 지키지 못하는 법이니까요.*

---

7) 샹카(Śaṅkha)와 빠드마(Padma) : 꾸베라가 가지고 있다는 아홉 개
  의 보물 가운데 두 개.
    아홉 개의 보물은 빠드마(연꽃), 샹카(소라고둥), 마하빠드마(Mahā-
  padma, 큰 연꽃), 마까라(Makara, 악어 또는 상어류의 물고기), 까차빠
  (Kacchpa, 거북이), 무꾼다(Mukunda, 은 종류의 보물), 꾼다(Kunda, 자
  스민 꽃), 닐라(Nīkā, 사파이어 또는 그냥 푸른색), 카르와(Kharva, 작은
  물고기). 이런 보물들은 정확하게 연꽃이나 거북이, 소라고둥 따위를 뜻하
  는 것이 아니라 이런 것들을 형상화 또는 인격화시킨 것이라 할 수 있다.
* 참조 : 꾸베라

21

거기 가서는
어린 코끼리처럼 몸을 작게 만들어
빠르게 내려간 다음
내가 전에 얘기했던 놀이동산
아름다운 봉우리에 앉아
불나비 한 떼가 반짝이는 것과 같은
아주 온화한 번갯불로
집 안을 살펴 보시는 게 좋을 거예요.

22

날씬하고 젊음에 차 있으며
살짝 드러난 이빨
잘 익은 빔바 같은 아랫입술하며
가는 허리
놀란 사슴 같은 눈에다
깊숙한 배꼽
엉덩이가 무거워 느릿한 걸음걸이
풍만한 가슴 때문에 약간 구부정해 보이는 이,
여인을 빚어 낼 때 조물주의 맨 처음 작품인 듯한
그런 여인을 거기서 만날 수 있을 거여요.

23

당신은
내 님이 말 수가 적다는 걸 아셔야 해요.
또 하나의 내 삶
내 동반자 가련한 그녀가
짝하고 떨어진 짜끄라와까 새처럼
나랑 떨어져 있어
겨울이 몰아 닥친 연꽃 마냥
좀 볼품 없는 모습을 하고 있을지도 모르겠네요.

손으로 감싼 내 님의 얼굴은
머리가 흘러내려와 잘 보이지 않을 게고
눈 또한 너무 울어 퉁퉁 부어 있을 터이며
뜨거운 한숨으로 아랫입술도 색이 바래어
빛이 당신에게 가리워진 달과 같은
초췌한 모습을 하고 있을지도 모릅니다.

25

당신의 눈에
곧 내 님이 들어오겠지요.
신들에게 제물을 올리고 있거나,
헤어짐의 설움에 여위어
감상에 가득한
내 모습을 그릴 테지요.
아니면
달콤한 목소리의 새장 속 사리까에게
이렇게 묻고 있을지도 모릅니다.
'귀여운 녀석, 넌 내 님 생각나니?
내 님이 널 무척 사랑하지 않았더냐?'고 말이지요.

그도 아니면, 오 포근한 이여
낡은 천으로 감싼 위나를 무릎에 올려 두고
내 이름자 들어간 말을 넣어
큰소리로 노래하고 싶어할지도 모릅니다.
흐르는 눈물로 젖은 위나 줄을 어찌어찌 골라
운율 기억하려 애써보긴 하겠지만
금새 다시 잊어먹고 말겠지요.

또는
문턱에 꽂아 둔 꽃으로
우리가 헤어진 그날부터 헤아려
앞으로 남은 날들을
하나하나 가지런히 마당에 펴고 있을지도 모릅니다.
아니면, 마음에 아로새겨져 있던 일로
나랑 즐기고 있을 수도 있겠지요.
뭐 이런 것들이 남편과 헤어진 아낙들이
즐기는 놀이 아니던가요.

28

이런저런 일을 하느라
날이 밝았을 땐
헤어졌다는 것이 그리 모지게
고통스럽진 않을 거예요.
그러나 밤,
당신의 벗이 딱히 다른 할 일이 없을 때
서러움이 깊어질까 두렵답니다.
그러니 한 밤,
우리 집 창가에 머무시어
찬 바닥에 누워 뜬눈으로 밤새울
착한 내 사람에게 내 말 전하여
마음을 쉬게 해 주서요.

29

상심으로 쇠약해져
헤어짐의 침상 한 켠에 누워 있을 내 님은,
동그랗던 달이 한 조각 남아
동녘의 지평선 위에 걸려 있는 것 같을 거예요.
그런 날엔 헤어짐에 길고 길어진 밤
뜨거운 눈물로 지세우겠지요.
맘껏 즐기며 나랑 함께 지샜던 밤은
눈 깜짝할 사이에 지나갔답니다.

30

망사창 틈으로 스며들어 온 달빛이,
예전에 그러했듯
불로주 같은 서늘함 주리라는 바램에
서러움에 겨워 울던
무거워진 눈꺼풀 들어 쳐다보다
서러움이 더해 얼른 고개 돌릴 내 님.
땅에 핀 연꽃이 구름 낀 날에
활짝 펴지도, 봉오리 닫지도 못하는 것 같겠지요.

31

긴 한숨은 정녕
어린 잎새 같은 아랫입술에 걸려
맨 목욕에 거칠어져 뺨까지 흘러내린 머리
불어 날리겠지요.
꿈에서나마 나와 만나길 애태우겠으나
하염없는 눈물
잠이 비집고 들어설 자리가 없을 거예요.

헤어지던 날
꽃다발 풀어내고
내가 동여매 주었던,
만지면 가슴 아린,
아무렇게나 한 가닥으로 땋아 내린
뻣뻣한 머리를
탐스런 뺨에서
깎지 않은 손톱으로 걷어내고
있을 거여요.
저주가 풀려 서러움도 다 가면
내가 다시 풀어 주어야겠지요.

33

가련한 그 여인은
장신구 모두 마다한 채,
연약한 몸뚱이 겨우겨우 지탱하며
쓰라린 아픔으로 침상에 눕겠지요.
그런 모습 보신다면
당신도 새 빗물 떨구며
눈물 내보내지 않을 수 없을 거예요.
자고로 마음 착한 분들은 동정심이 많지 않던가요.

34

당신 벗의 마음은 나를 향한
지순한 사랑으로 차 있다는 걸 안답니다.
그래서 그녀가 맨 처음 헤어짐에
이 지경이 되어 있으리라 짐작하는 거지요.
오, 내 형제여
지금까지 말한 모든 것은
머지 않아 당신이 직접 보게 될 것이니까요.

35

생각하건대,
사슴 눈의 내 님은
머리가 흘러내려와
눈을 곱게 흘기지 못할 터이고
눈화장도 물기가 사라졌을 것이며
술을 마시지 않으니
눈썹 살짝 찡그리는 일도
없을 것 같네요.
당신이 가까이 가시면
위쪽이 살며시 떨릴지도 모르지요.
그 모양은 물고기의 움직임에 흔들리는
푸른 연꽃에 비유할 수 있을 거예요.

36

아내의 왼쪽 허벅지
이제 내 손톱 자국 사라지고
모진 운명에
오래도록 걸고 있던 진주걸이 내버린,
즐거움 만끽한 뒤엔
내 손으로 늘 닦아 주었던
물기 촉촉한 뽀오얀
바나나 밑둥 같은
그 다리가 이제
행운을 예견하며 떨려 오겠지요.

그때 행여, 오 구름이여
내 님이 달콤한 잠에 빠져 있다면
천둥일랑 삼가한 채
뒤에 서서 한식경만 기다리세요.
꿈속에서 어렵사리 사랑하는 사람 만나
꼭 껴안고 있을지 모르거든요.
덩굴나무 같은 팔 끈을
한 번에 목에서 풀어내려 하면 안되지요.

38

당신이
물방울 실어 서늘해진 바람으로
내 님 깨우신 뒤
싱싱한 말라띠 꽃송이로 기운차리면
번개는 속에다 감춘 채
창문 틈으로
당신을 지긋이 바라볼 청아한 여인과
천둥소리 말 삼아 이런 얘기 나눠 보시어요.

39

오, 남편 있는 여인이여
나를
당신 주인의 가까운 벗,
그의 말을 가슴에 새기고 당신 곁에 온
구름이라 아시오.
나는 깊고 그윽한 소리로
수없이 많은 고단한 방랑객들에게
아내의 머릿단 풀어 주기를 재촉하는 이라오.

40

이런 애길 들으면,
마이틸리[8)]가 바람의 아들을 올려다보던 것처럼
가슴 부풀어 당신을 쳐다보며 예를 갖추겠지요.
그녀가 이렇게 마음을 모으고 있으면
오, 포근한 이여
내 님이 이런 말을 당신에게 들으면 좋겠지요.
본디 여인들에겐 벗들이 전해 주는 남편 소식은
직접 만나는 거나 별다르지 않거든요.*

<hr>

8) 마이틸리(Maithilī) : 마이틸라(Maithila) 왕의 딸, 즉 라마야냐의 여
　주인공 시따.
　　바람의 아들은 원숭이 하누만(Hanuman)이다. 라마의 부탁으로 라
　와나에게 잡혀 바다 건너 랑까로 끌려간 시따를 구하러 가서, 높은 나
　무 위에 앉아 시따에게 라마의 소식을 전해 주던 일을 상기한 것이다.
＊ 참조 : 인드라, 산들의 날개를 자르다, 라마

41

오, 오래 살아온 이여
당신에게도 이로운 내 말
그녀에게 이렇게 전해 주오.
당신과 헤어져 있는 동반자가 라마기리에 죽지 않고
살아 이렇게 묻더군요.
오, 가련한 사람
별고 없이 지내고 있느냐고.
자고로 금새 마음이 약해지는 사람에겐
이렇게 묻는 것이 맨 처음 할 일 아니던가요.

42

모진 운명에
길이 가로막힌 그가
먼 곳에 살면서
쇠약하고 몹시 뜨거워져,
갈망에 눈물 떨구며
뜨거운 숨 내쉬는 몸으로
그대의 너무나 연약하고 뜨거운,
눈물에 젖고 끝없는 갈망에 사로잡혀
더운 한숨 내쉬는 몸을
껴안으려 한다오.

43

큰 소리로 얘기해도 될 일을
그저 얼굴 맞대고 싶은 욕심으로
그대의 동무들 앞에서 귀에 대고 속삭이던 그가
그대 귀가 이르지 못할 곳
그대 눈으로 볼 수 없는 곳에 있어
애태우며 그리는 말들로
나를 통해 소식 전하려 한다오.

44

보드라운 쁘리양구 덩굴나무에서는 당신의 몸을
놀라 눈이 휘둥그런 사슴에게선 당신의 눈을
어여쁜 그대 얼굴은 달님에게서
묶은 당신의 머릿단은 공작 깃털에서
귀엽게 찌푸린 당신의 눈썹은 강 잔물결에서
찾아봅니다.
그러나, 아, 잘도 토라지는 사람이여
어느 것 한 가지만으로는
당신 모습 모두 담고 있는 것을 찾을 수가 없다오.

45

널찍한 바윗돌 위에 빨간 돌멩이로
사랑에 화가 잔뜩 난 당신 모습 그려두고
당신 발 아래 엎드려 보려 하였다오.
그 순간에 내 눈 가득 고인 눈물
앞을 가로막으니
잔인한 운명은 그림에서조차 우리를
만나지 못하게 하는군요.

46

꿈속에서 아릿하게 당신 모습 보이길래
허공에 팔을 뻗쳐 당신을 껴안으려니
이를 본 신령들,
진주만한 눈물 방울 나뭇잎새에
줄줄이 떨군답니다.

47

데와다루 나무
접힌 잎새 금새 틔우고
송진 냄새 스며나와 향기로운
얼음 산 히말라야의 바람 남쪽으로 불어오니
오, 덕 있는 사람이여
행여 이전에 당신 몸에 닿고 왔을까
그 바람 껴안아 봅니다.

48

긴 긴 이 밤,
어찌하면 순간처럼 짧아질까요.
어찌하면 하루하루를
일 년 내내 열병 없이 지낼 수 있을까요.
이렇게, 오 떨리는 눈의 님이여
이루어지기 어려운 일만 갈망하다가
당신과 헤어진 쓰라림에 열병을 앓으니
기댈 곳이 없어지는구료.

49

내 자신에 대해 곰곰 생각해 보다
내 스스로 나를 지탱해 가고 있어요.
그러니, 오 총명한 사람이여
당신 또한 너무 두려워할 것 없어요.
행복하기만 한 사람, 늘 불행하기만 한 사람 뉘 있겠소.
삶이란 바퀴의 테 마냥 위로 아래로
늘 바뀌는 거 아니오?

50

불화살 가진 위슈누가 뱀 침상에서 일어나면[9]
내게 내려진 저주도 끝이 나겠지요.
남은 넉 달이 흘러가도록 눈 꽉 감고 기다립시다.
그런 뒤엔 우리 둘,
밤엔 가을 달빛으로 불 밝혀
헤어짐에 더욱 커진 갈망
모두 채울 수 있을 것이오.

---

9) 불화살 가진 신(샤르앙빠니 Śaraṅpani) 위슈누는 힌두 아샤다 달로부터
   넉 달 동안 뱀의 왕 세샤(Sesa) 위에서 잠을 잔다. 이 잠은 보통 사람과는 달
   라 요가니드라(Yoganidra)라 하여 깊은 명상에 잠겨 있는 잠이다. 인도의
   우기인 이 넉 달 동안은 위슈누의 축복을 받을 수 없으니 결혼식을 하지 않
   는 것이 이들의 풍습이다.

그대 남편은 또 이런 말도 했지요.
언젠가 당신은 잠자리에서
내 목을 꼭 껴안고 잠이 들었었다오.
그러더니 문득 일어나 목놓아 울지 않았겠소.
왜냐고 자꾸 내가 묻자
당신은 웃음을 꾹 누르며 말했지요.
—나쁜 사람, 꿈속에서 당신은
다른 여인과 즐기고 있었어요—

이런 말들로 확신을 갖고
내가 잘 있다 생각하시오.
오, 검은 눈의 사람이여
행여, 사람들이 지껄이는 말에 현혹되어
나에 대한 믿음을 저버리진 말아요.
오래 떨어져 있어 즐거움이 없었으니
정도 줄었을 거라 사람들은 말하겠지만
만나지 못해 하고 싶은 일 더욱 많으니
그것들이 모두 모여 사랑을 더욱 키워줄 것이오.

53

이런 말로
첫 헤어짐에 깊은 설움 잠겨 있을
당신 벗의 마음을
가라앉힌 다음,
세눈신 쉬와의 소가 파헤쳐 놓은 산꼭대기에서
재빨리 돌아와 이제,
내 님의 징표를 가지고 잘 있다는 소식과 함께
아침의 꾼다 꽃처럼 겨우 매달려 있는
내 목숨도 부지해 주셔요.

54

오, 포근한 이여
내 이런 말들을 정답게 받아들이셨나요?
워낙 당신은 신중한 분이라 대답은 없어도
거절한 것 같진 않군요.
비록 소리 내진 않아도 짜따까 새가 원할 때는
물을 주는 당신이 아니던가요.
마음 착한 이들은 바라는 일 들어주는 게 바로
구걸하는 이들에게 주는 대답이라지요.

55

우리가 벗이기 때문이거나
헤어져 있으니 안된 마음에서거나
턱도 없는 부탁 늘어놓는 내게
이렇듯 좋은 일 하신 다음엔, 오 구름이여
당신을 바라는 곳마다 들러 비 내려 주시고
한 시라도 당신의 아내 번개와 헤어지는
나와 같은 고통 겪지 마시어요.

신들의 이야기

약샤(Yakṣa)

약샤는 풍요의 신 꾸베라(Kubera)의 시중을 드는 반신반인의 종족이다.

어느 날 조물주 브라흐마는 웨다를 중얼거리다 문득 배가 고파졌다. 때아닌 배고픔에 브라흐마는 그만 화가 치솟았다. 그의 배고픈 얼굴에서 약샤가, 화난 얼굴에서 락샤사(Raksasa)가 태어났다. 이리하여 약샤는 순수한 자, 락샤사는 분노하는 자, 순결하지 못한 자의 표상이 되었다.

락샤사들은 온 세상을 괴롭히며 활보하고 다녔다. 세상을 구해달라는 신들의 간청에 위슈누는 락샤사를 이끌고 있던 말리(mali)를 죽였다. 그가 죽자 나머지 락샤사들은 지금의 스리랑카인 바다 건너 랑까(Lanka)로 도망치고 말았다. 그러나 그들이 랑까에 존재한다는 사실이 부담스러웠던 신들은 다시 많은 원정대를 보내어 그들을 파괴하기 시작했다. 끝내 락샤사들은 지하세계 빠딸라(Patala)로 잠적하고 말았다.

이리하여 랑까가 텅 비게 되자 풍요의 신 꾸베라가 이 아름다운 도시를 차지하게 되었다. 약샤들은 풍요로운 꾸베라의 뒤를 따라 가 그의 시중을 들며 함께 지내게 되었다. 그러나 그 이후 꾸베라의 이복 동생인 악명 높은 락샤사들의 왕 라와나(Ravana)가 꾸베라를 랑까에서 쫓아내자, 약샤들 또한 꾸베라를 따라가 그의 막대한 보물과 뜰을 지키는 일을 하며 살아간다.

꾸베라(Kubera)

꾸베라는 풍요의 신이다. 반신반인의 종족인 약샤와 긴나라(Kinnara)들, 그리고 악마로 표현되는 락샤사들의 주인이며 북쪽을 지키고 다스리는 수호신이다. 위슈라와스(Viśravas)와 이다위다(Idāvidā) 사이에서 태어났다. 위슈라와스와 까이까시(Kaikasī)에게서 태어난 악마 라와나와는 배다른 형제다.

꾸베라의 모습은 기괴하기 짝이 없다. 꼽추 등에다 눈은 하나인데 노란 반점까지 찍혀있고, 다리는 셋이며 이빨은 여덟 개 뿐이다.

꾸베라는 부자가 되기 위해 혹독한 고행을 했다. 브라흐마를 기쁘게 하기 위해 머리를 물 속에 담근 채 천 년 동안 고행을 했지만 브라흐마가 나타나지 않자, 그는 다시 불을 사방에 피워 두고 태양을 쳐다보며 한 발로 서 있는 고행을 시작했다. 이에 감동한 브라흐마가 그의 앞에 나타나 무엇을 원하는지 물었다. 꾸베라는 상상을 초월한 재산을 갖고 풍요의 신이 되기를 바란다고 했다. 브라흐마는 소원이 또 있는지 물었다. 그는 이 세상의 수호신이 되고 싶다고 했다. 브라흐마는 그가 북쪽을 지키는 수호신이 되게 해주었다.

꾸베라는 감격해 하며 아버지인 위슈라와스에게 달려가 모든 사실을 알렸다. 아버지 또한 기뻐하며 랑까의 뜨리꾸타라는 산꼭대기에 마야가 지은 집에서 꾸베라가 살 수 있도록 해주었다. 이때부터 그는 랑까에 살았으나 우여곡절 끝에 라와나에게 내주고 랑까를 떠나 까일라사(Kailasa)로 와서 살게 되었다.

쉬와(Siva)

쉬와는 공포와 파괴의 신이다. 고행과 명상과 청빈을 상징하는 그는 브라흐마, 위슈누와 더불어 힌두교 삼신 중의 한 명이다. 쉬와 이외에도 산악지대에서 주로 산짐승들과 더불어 사는 그는 짐승들의 왕이라 하여 빠슈(짐승)빠띠(주인)라 하며, 세 번째 지혜의 눈을 가진 자라 하여 뜨라얌바까(뜨라야, 셋째 + 암바까, 눈), 무서운 공포의 신이라 하여 루드라(공포), 가난하여 입을 옷이 없으니 천지를 옷으로 입고 다니는 벌거숭이 신이라 하여 디감바라(디끄, 방향 + 암바라, 옷), 춤추는 자의 왕이라 하여 나타라자(나타, 춤 + 라자, 왕) 등 여러 이름으로 불리고 있다. 여덟 개의 모습을 가졌다 하여 '아슈타 무르띠'(아슈타, 여덟 + 무르띠, 모양)라 하기도 한다. 이 아슈타 무르띠는 또 땅, 물, 불, 바람, 달, 해, 창공, 제사장 등의 여덟 화신으로 대변되기도 한다.

쉬와가 루드라라는 이름을 갖게 된 사연은 이러하다.

어느 날, 브라흐마는 자기 같은 아들이 하나 나왔으면
하는 깊은 명상에 잠겨 있었다. 문득 그의 무르팍에서
검푸른 피부를 가진 아이가 나타나더니 이리저리 뛰어
다니며 울기 시작했다. 아이의 울음 소리에 브라흐마는
안절부절 못하며 왜 우는지 물었다. 아이는 이름이 없
어서라고 대답했다. 브라흐마는 아이를 달래며 '마 루
다(Ma Ruda), 울지 말거라.'라고 하였다. 이리하여 그의
이름은 루드라, 즉 우는 자가 되었다. 하지만 이에 만족
하지 못한 루드라가 계속 일곱 번을 더 울어댔다. 그렇
게하여 그는 모두 여덟 이름과 함께 여덟 모양을 갖게
되었다. 더러는 브라흐마가 그에게 11개의 이름을 주었
다고도 한다. 그래서 11 Rudras로 부르는 경우도 있다.

그가 루드라가 된 경위를 달리 이야기하기도 한다.

어느 날, 아수라들과 결전을 앞둔 신들이 혹시 질 것
에 대비해 갖고 있던 보물을 모두 불의 신 아그니(Agni)
에게 맡기고 싸움터로 떠났다. 그러나 아그니는 신들
가운데에서도 잘 속이기로 유명하여 신들이 떠나자마
자 보따리를 챙겨 달아나기 시작했다. 그 동안 신들은
아수라를 물리치고 돌아오는데, 긴 자락 이끌며 느린
걸음으로 도망치는 아그니가 먼발치에서 보였다. 신들
이 느긋한 마음으로 아그니를 잡을 궁리를 하고 있는데
어디선가 엉엉거리며 우는 소리가 들렸다. 돌아보니 원

주민 드라위다(Dravida)족이 섬기는 신이었다. 다른 신들이 비아냥거리며 '뜨왐 루드라(Tvam Rudra), 너 울보로구나?' 하였다. 이리하여 그의 이름은 루드라가 되었다. 그러나 이 루드라가 떨군 눈물이 은이 되어서 웨다에는

'루드라에게는 은을 바치지 마라, 그를 모욕하는 짓이다.' 라는 말도 있는 것이다.

해골을 손에 든 쉬와

쉬와의 손에는 늘 해골이 들려있다. 이에 대한 이야기는 여러 가지다. 대개는 브라흐마의 머리가 다섯이던 것이 넷으로 줄어든 것과 연결된다. 대표적인 이야기는 이러하다

삼계를 두고 최고 자리를 차지하기 위해 위슈누와 브라흐마 사이에 치열한 싸움이 벌어졌다. 끝이 보일 것 같지 않던 이 싸움에 이상한 광채 하나가 끼어들더니 하늘에서

'이 빛의 근원을 찾는 자가 최상의 지위를 누리게 되리라!' 라는 목소리가 들려왔다.

브라흐마와 위슈누는 최고가 되려고 그 빛의 뿌리를 찾아 헤매기 시작했다. 브라흐마는 땅 위를, 위슈누는 땅 아래를 수세기를 그렇게 헤매던 끝에 포기할까 망설이던 가운데 브라흐마는 께따끼(Ketakī)라는 새하얀 꽃이 하늘에서 내려오는 것을 보았다. 브라흐마가 그 꽃

에게 물었다.

'어디서 오시는 길이오?'

'빛의 뿌리지요.'

이 소리를 들은 브라흐마는 그 즉시 꽃을 들고 위슈누에게 달려갔다. 위슈누가 물었다.

'빛의 근원을 찾았소?'

'바로 이것이오.'

브라흐마가 의기양양해 하며 그 꽃을 위슈누에게 내놓는 순간 느닷없이 그 꽃은 쉬와의 모습으로 변하더니 다섯이던 브라흐마의 머리를 넷으로 만들어 버렸다. 엉겁결에 머리 하나를 잘린 브라흐마는 쉬와에게 저주를 내렸다.

'그대는 지금 자른 내 머리 해골을 늘 손에 쥐고 다니며 구걸하게 되리라!'

놀란 쉬와가 아무리 떼어놓으려 애써도 브라흐마의 강력한 저주를 받은 그 해골은 움쩍달싹도 하지 않았다. 성미 급한 쉬와가 되받아 브라흐마에게 저주를 내렸다.

'앞으로 그대는 누구에게도 숭배받지 못하리!'

이리하여 지금도 인도에는 브라흐마 절은 찾아보기 어렵다. 단 한곳 푸시켓에 있을 뿐이다. 그러나 이 이야기에는 왜 쉬와가 브라흐마의 목을 베었는지 그 이유가 나와있지 않다.

또 다른 이야기는,

위슈누와 브라흐마가 각자 고행을 하고 있었다. 어느 날 둘은 지독한 고행에서 벗어나 잠시 산책하다 한 곳에서 마주쳤다. 어지간히 자신의 고행에 자신감이 붙어 있던 둘은 서로 거만하게 묻는다.

'그대는 누구인고?'

'어디서 왔는고?'

이런 질문이 길어져 다툼이 되고 결국 걷잡을 수 없는 싸움으로 번지게 되었다. 이러던 가운데 어디선가 거대한 남근상(男根像)이 그들 눈 앞에 나타나 말했다.

'그대들은 굳이 싸울 필요가 없느니라. 이 남근의 끝에 도달한 자가 이긴 자이다.'

브라흐마는 위로, 위슈누는 아래로 갔으나 그 끝을 찾지 못하고 천지를 떠돌았다. 그러던 어느 날 브라흐마는 빤다누스(Pandanus) 꽃 잎 하나가 하늘에서 내려오는 걸 보았다. 브라흐마는 이 꽃을 들고 위슈누 앞으로 갔다.

'여길 보시오. 이 꽃을 남근 끝에서 꺾어 왔소. 패배를 인정하시오. 내가 이겼소.'

그러나 위슈누는 그 말을 곧이곧대로 받아들일 수 없었다. 그래서 그는 빤다누스 꽃을 불러 물었다.

'브라흐마의 말이 사실인가?'

꽃이 대답했다.

'그렇소.'

의심 많은 위슈누는 이 말을 믿을 수 없어 쉬와에게 물어보자고 했다. 그 순간 쉬와가 그들 앞에 나타나 꽃과 브라흐마의 속임수를 꾸짖었다.

'빤다누스, 넌 앞으로 내게 제 올릴 때 올라와선 안되느니라! 브라흐마 그대 또한 거짓말 한 죄로 머리 하나를 자르겠노라!'

이때부터 그는 거짓을 단죄하는 상징으로 브라흐마의 머리를 들고 다니며 탁발할 때 바리때로 사용하게 되었다. 이리하여 그에게는 까빨리(Kapāli : 해골을 들고 다니는 이)라는 이름이 붙어 다니게 되었다 한다.

세 도시를 파괴한 쉬와

브라흐마의 아들 까샤빠(Kaśapa)는 많은 아내를 두었다. 그 가운데 닥샤(Dakṣa)의 딸 아디띠(Aditi)와 디띠(Diti)는 각각 신과 아수라들의 어머니가 되었다. 따라까(Taraka)를 비롯한 아수라 무리들은 인드라가 지휘하는 신들과 끝 없는 전쟁을 벌였다. 신들이 영생 불로주를 챙기고 따라까마저 쉬와의 아들 스깐다에게 패하자 아수라들은 힘을 잃었다.

이 무렵 아수라인 따락깍샤(Tārakākṣa), 까말락샤(Kamalākṣa), 그리고 따라까의 아들 위듄말리(Vidyunmālī)는 혹독한 고행을 한 후 브라흐마에게 소원을 빌었다.

'어느 누구도 우릴 죽일 수 없도록 해 주소서!'

'그런 소원은 들어줄 수가 없으니 다른 걸 말해보라.'

'그러하오면 삼계를 자유로이 다닐 수 있는 세 도시를 원합니다. 천 년마다 우리 셋은 다시 만나고 또 천

년을 그렇게 떠돌겠습니다. 꼭 죽어야만 한다면 한 화
살에 우리 셋이 함께 죽고 싶나이다.'

브라흐마의 허락을 받은 아수라들은 마야(Maya)에게
부탁해 하늘에는 금, 창공에는 은, 땅에는 쇠로 된 도시
를 세우고 따락깍샤, 까말락샤, 위듄말리가 각각의 도
시를 차지했다. 이 도시들은 어디든 마음껏 돌아다닐
수 있는 힘을 지니고 있었다.

한편, 아수라들은 나무랄 것 없는 이 세 도시 뜨리뿌
라(Tripura)에 살게 되었으나 늙고 죽는 일만은 막을 수
없었다. 다시 따라까의 아들 하리(Hari)는 죽음을 없애
기 위한 고행을 시작했다. 그의 소원대로 브라흐마는
마야를 시켜 죽은 자를 담가두면 생기를 되찾게 하는
신묘한 연못을 만들게 하고 그 안에 생명수를 가득 채
워 주었다. 이제 불사의 아수라들은 더욱 사납게 신들
과 대적하였다. 신들이 브라흐마를 찾아가 하소연해 보
았지만 묘책을 찾을 수 없었다. 그들은 쉬와에게 찾아
가 고충을 이야기했다. 쉬와가 말했다.

"그들이 다시 모이는 천 년 뒤 내 기필코 그들을 징벌
하리라."

쉬와는 먼저 하늘의 소식통 나라다(Nārada)를 뜨리뿌
라로 보냈다. 그는 뜨리뿌라로 가서 아수라 여인들이
신들을 흠모하도록 꾀어 놓았다. 훗날 뜨리뿌라가 나르

마다(Narmadā) 강가에 내려앉도록 유인해 싸움을 벌인다면 신들의 승리가 확실하리라는 판단 때문이었다.

다음으로 쉬와는 아수라를 능가하는 힘을 얻기 위해 모든 신들이 가진 힘의 반을 자신에게 모아 주도록 요구했다. 건축의 신 위슈와까르마(Viśvakarmā)는 쉬와의 특별 마차를 만들어 주었다. 쉬와는 천 년 동안 나르마다 강가에서 아수라들을 처단할 궁리를 했다. 만다라 신을 활로 쓰고 뱀신인 와수끼는 활 시위, 위슈누는 화살로 쓸 생각이었다. 불의 신 아그니가 화살의 뾰쪽 끝, 바람 신 와유가 아래 끝을 맡았다. 네 신들이 마차의 말이 되었다. 지구가 마차고 하늘의 모든 것들이 마차를 중심으로 정렬했다. 죽음의 신 야마와 깔라가 오른쪽과 왼쪽에 자리잡고 브라흐마가 마부가 되었다.

이렇게 완전 무장한 쉬와는 천 년을 벼르며 기다렸다. 세 도시가 나르마다 강가에서 하나가 되는 날이 왔다. 쉬와는 삼지창으로 뜨리뿌라를 내동댕이치며 화살을 날렸다. 뜨리뿌라의 모든 것들은 그 화살 하나에 재가 되어 사라졌다.

독을 마신 쉬와

성을 잘 내기로 유명한 성자 두르와사스(Durvāsas)의 저주 때문에 늙음을 막을 수 없었던 신과 악마들은 불로영생주를 찾기 위해 바다를 휘저었다. 그러자 바다에서는 온 세상을 재로 만들어버릴 만한 죽음의 독약, 깔라꾸타(Kālakūṭa)가 솟아 나와 모두 기겁하여 도망치자 쉬와는 세상을 구하려는 일념으로 독을 입에 머금었다. 이에 놀란 그의 아내 빠르와띠는 독약이 속으로 들어가지 못하도록 목을 붙잡고, 위슈누는 밖으로 튀어나오지 못하게 입을 틀어막아 독이 목에서 녹아내려 쉬와의 목은 검푸른 색이 되었다 한다.

그 후 쉬와는 닐라깐타(Nīlakaṇṭha)(푸른 목을 가진 자), 손이 감염된 빠르와띠와 위슈누는 각각 깔리(Kāli)(검은 자)와 닐라와르나(Nīlavarṇa ; 검은 빛깔을 가진 자)로 불리워졌다.

쉬와의 소 난디

브라흐마가 훔(hum)하고 내지르는 소리에 태어났다는 암소 수라비(Surabhi)가 이 땅에 많은 새끼들을 낳았다. 이 소들이 커서 우유가 넘쳐 났는데, 이 우유는 바닷물처럼 흘러흘러 거품을 내고 파도를 치며 결국 쉬와의 땅까지 이르게 되었다. 이를 못마땅하게 여긴 쉬와가 세 번째 눈, 불의 눈을 열어 소들을 바라보았다. 이 눈이 불꽃을 튀어 소들은 제각각 다른 색깔을 띠게 되고 이에 겁이 난 소들이 짠드라(Candra), 즉 달에게 피신했다. 쉬와의 불길은 거기까지 따라왔다. 마침내 생명의 주인 쁘라자빠띠들은 쉬와에게 등허리에 유달리 큰 혹이 달린 흰 황소 한 마리를 선물로 주며 그의 분노의 불길을 잠재웠다.

이리하여 쉬와는 가장 힘세다는 이 우람한 황소의 주인이 되어 우르샤바 와하나(황소를 타고 다니는 이)라는 이름을 갖게 되었다.

빠르와띠(Pāvatī)

빠르와띠는 쉬와의 아내다. 두르가(Dūrgā), 깔리(Kāli), 짠디까(Caṇḍikā)라는 검고 무서운 모습 또는 가우리(Gaurī)라는 희고 고운 모습으로 인도 전역에서 숭배되고 있다.

빠르와띠의 전생은 사띠(Satī)라는 이름이었다.

브라흐마가 세상 창조에 정신 없을 때, 다이띠야(Daitya)라는 한 떼의 아수라들이 고행을 통해 삼계를 삼킬 만한 힘을 얻게 되었다. 위슈누와 쉬와 등은 다른 신들과 함께 그들을 대적하여 육천 년 동안 싸웠지만 싸움은 끝나지 않았다. 긴긴 싸움에 모두들 지쳐버리자 걱정이 된 브라흐마는 스스로 싸움에 참가하려는 뜻을 세우고 사나까(Sanaua) 등 여러 아들들에게 명했다.

'아들들아, 위슈누와 쉬와가 싸움에 지친 모양이니 이제 내 스스로 전쟁에 참여해야 겠다. 그러러면 고행할 틈이 나지 않겠구나. 너희들이 내 대신 고행하여 세

상의 어머니 마하마야(Mahāmayā)가 이 세상에 몸을 나투시도록 빌어 보거라.'

이 말을 들은 아들들은 물론이고 닥샤(Dikṣa) 등의 쁘라자빠띠들 또한 고행에 동참하게 되었다. 그들의 모진 고행에 감동한 마하마야는 그들 앞에 나타나, 닥샤의 딸로 세상에 태어날 것을 약속하였다. 이리하여 마하마야는 닥샤의 딸 사띠가 되어 태어났다. 사띠가 아리따운 처녀로 자라게 되자 모든 신들은 쉬와가 사띠를 아내로 맞이하도록 채근하였다.

그러던 어느 날, 성 잘내고 저주 잘 하기로 유명한 두르와사스 성자가 닥샤 집에 들렀다. 그는 명상 끝에 얻은 향기로운 꽃다발을 주인인 닥샤가 부러운 눈길로 바라보자 그에게 선물로 주고 돌아갔다. 꽃향기에 취한 닥샤는 아내와 함께 자던 방에 걸어두고 사랑을 나누었다. 청정함의 산물이던 꽃 목걸이는 그만 더럽혀지고 이를 알게 된 두르와사스는 닥샤에게 딸인 사띠와 사위 쉬와를 미워하게 되라는 저주를 퍼부었다. 이때부터 닥샤는 그들을 미워하게 되었다. (또는, 꽃 목걸이가 더럽혀진 것을 알게 된 딸과 사위가 이를 나무라자 무안해진 닥샤가 그때부터 딸 부부를 미워했다고도 한다)

이 일이 있은 지 얼마 뒤에 닥샤는 성대한 제를 지내며 모든 신들을 초대하였다. 그러나 이 초대에는 사띠와 쉬와가 빠져 있었다. 이유는 가난뱅이에다 예의도 모르고, 브라흐마의 해골을 들고 다닌다는 쉬와가 오면 제가 더럽혀질 것이라는 거였다. 뒤늦게 친정 집에 왔다가 이를 알게 된 사띠는 서러움에 목놓아 울며 내생에도 다시 쉬와와 만날 것을 서원하며 불 속으로 뛰어들어 버렸다(남편이 죽으면 불 속으로 뛰어들어 같이 죽는 인도의 사띠라는 풍습이 여기서 비롯된다). 사띠의 죽음을 알게 된 쉬와는 분노가 충천하여 헝클어진 머리카락을 베어 마당에 풀어 놓았다. 그 속에서 두 괴물이 뛰어나와 닥샤의 집 제사를 쑥대밭을 만들어버리고 닥샤의 목까지 벤 뒤 삼계를 두려움에 떨게 하였다. 이에 놀란 신과 성자들이 한 번만 봐 줄 것을 사정하자 시와는 두 괴물을 불러들였다. 신들은 다시 닥샤의 머리를 붙여줄 것을 애걸했으나 닥샤의 머리는 아무 데도 없었다. 결국 브라흐마가 어디서 염소 머리를 주어와 닥샤의 머리에 붙여주었다. 이때부터 닥샤는 염소머리 쁘라자빠띠가 된다.

한편 닥샤의 제를 참담하게 만든 뒤 쉬와는 여자엔 관심 없다며 고행에만 전념하였다. 또한 따라까(Traaka)라는 악마는 쉬와의 아들이 아니면 아무도 자기를 당장 죽일 수가 없을 것이라며 삼계를 괴롭히고 다녔다. 이 무렵 불 속에 뛰어 든 사띠의 서원이 이루어질 시기가 되었다. 사띠는 히말라야의 제왕 히마완(Himavan)의 딸로 태어나려고 하고 있었다. 그러나 따라까에게 이 사실을 감추고 싶었던 브라흐마는 히마완의 아내 메나의 뱃속에 니샤라는 전령을 보내 태아를 검게 만들어 버렸다. 사띠가 태어났으나 누구도 그가 여신의 화현인지 알아보질 못했다. 또한 사띠의 충격에서 벗어나지 못한 쉬와는 고행에만 전념하고 있어 혼인할 기미가 보이지 않았다. 신들은 결국 사랑의 신 까마데와에게 도움을 청하는 수밖에 없었다. 까마데와는 쉬와의 마음을 움직이게 하고 히말라야 신의 딸로 태어난 사띠는 빠르와띠(산의 딸)라는 이름으로 다시 태어나 쉬와와 재회하게 되었다.

어느 날 쉬와는 무심코 '깔리 깔리! 검다 검다.' 라는 말을 내뱉었다.

'쉬와가 내 피부색을 좋아하지 않는구나.' 하고 지레짐작한 빠르와띠는 서러움에 복받쳐 고행하기로 결심했다.

'이런 피부로 다시는 쉬와 곁에 돌아오지 않으리!'

그녀의 모진 고행에 브라흐마가 말했다.

'이제 네 검은 피부는 사라지고 흰 연꽃 같은 피부를 갖게 되리라! 네 피부 그리 흴(Gaura)터이니 이제 사람들은 너를 가우리라 부를 것이다.'

이리하여 깔리는 가우리라는 이름을 갖게 되었다.

스깐다(Skanda)

와즈랑가(Vajrāṅgga)라는 마음씨 착한 아수라가 와랑기(Varāṅgī)라는 아내와 살고 있었다. 어느 날 문득 그는 아수라라는 탈을 벗어 버리고 싶어졌다. 그래서 택한 길이 고행이었다. 그는 브라흐마를 기쁘게 하면 되리라는 생각으로 천 년의 모진 고행을 하였다. 그러던 어느 날 아내가 그리워져 집으로 돌아왔으나 아내의 모습이 보이지 않았다. 놀란 마음에 이리저리 찾아 헤매는데 숲 언저리 나무 그늘 아래서 훌쩍이고 있는 아내를 발견했다. 고행이라는 명분 아래 와즈랑가가 집을 비운 사이 짓궂기로 소문난 인드라가 와랑기를 괴롭혔다고 했다. 인드라는 원숭이로 변해서 제 지내던 그릇을 던져 버리기도 하고 사자로 둔갑하여 그녀를 협박하기도 했으며 어떤 날은 뱀으로 둔갑해 와랑기의 다리를 물었다고도 했다.

분노와 설음이 복받친 와즈랑가는 다시 고행에 들어

갔다. 그 앞에 브라흐마가 나타나 물었다.

'무엇을 바라고 이리 혹심한 고행을 하는고?'

'인드라를 포함한 모든 신을 이길 만한 힘을 가진 아들입니다.'

이렇게 해서 따라까(Taraka)가 태어났다. 따라까는 타고난 힘을 가지고 있기도 했지만 고행 또한 게을리 하지 않았다. 그의 고행하는 모습에 흡족해진 브라흐마는 그에게 축복을 내려 주었다. 태어난 지 칠 일 된 아이가 아니면 누구도 그를 죽일 수 없다는 것이었다. 이 말에 힘입은 따라까는 신들을 골탕먹이기 시작했다. 이 무렵 쉬와는 빠르와띠로 다시 태어난 전생의 사띠와 혼인하여 그들의 신혼 생활은 백 년이 지나도 끝날 줄 몰랐다. 하늘은 온통 아수라장이 되었다. 신들이 뜻을 모아 그에게 다가갔다. 아들 하나만 낳아 달라는 것이었다. 쉬와는 자기 씨앗을 내주며 물었다.

'누가 이 씨를 담을 수 있겠소?'

'대지만이 이 일을 해낼 수 있을 것입니다.'

신들의 대답을 들은 쉬와의 씨는 숲을 넘쳐나고 산을 꽉 채워 버렸다. 이에 놀란 신들이 다시 아그니에게 부탁했다. 아그니는 그 씨앗을 오천 년을 품고 있었으나 문득 쉬와 씨앗 때문에 자기 빛이 점점 줄어든다는 사실을 알게 되었다. 아그니는 다시 강가에게 부탁하였다. 강가는 그 씨앗을 받아서 또 오천 년을 품고 있었으나 태어날 기미가 없자 브라흐마에게 불만을 털어놓았다. 브라흐마가 말했다.

'우다야(Udaya) 라는 산, 태양이 솟아오르는 그 산에 보면 무성한 숲이 있고 그 숲에는 샤라(Sara)라는 풀이 자라고 있으니, 거기다 씨앗을 보관하면 만 년이 지난 뒤 사내 아이가 태어나리라!'

강가는 우다야 산, 샤라 풀 위에 아이를 놓았다. 쉬와 씨앗의 힘으로 우다야 산은 온통 금빛으로 변하고 만 년이 다 되자 태양 빛 같은 아이가 태어났다. 그가 수브라흐만야 또는 스칸다이다. 아이는 태어나서 천둥치는 듯한 소리로 울어댔다. 우연히 그곳을 지나가던 끄르띠까(Kṛttika : 힌두의 27 별자리 가운데 세번째로 6개로 이루어져 있다)가 이를 안타깝게 생각하여 젖을 먹여 아이를 키워냈다. 브라흐마는 쉬와의 씨앗이 태어났음을 아그니에게 알렸다. 기쁨에 겨운 아그니가 자기 아들을 만나러 샤라 숲으로 가던 길에 강가를 만났다. 둘 사이에 싸움이 벌어졌다. 아들 쟁탈전이었다. 사태의 심각성을 짐작한 브라흐마가 쉬와에게 알리니 빠르와띠도 따라나섰다. 신들에게 쉬와가 제안했다.

'아이가 가장 먼저 쳐다보는 자를 부모로 정합시다.'

모두들 동의하고 아그니와 강가, 쉬와와 빠르와띠는

함께 샤라 숲으로 달려갔다. 그곳에 아이는 여섯 끄르띠까의 품에 안겨 있었다. 아이는 벌써 그들의 의중을 짐작하고 자기 몸을 넷으로 나누었다. 꾸마라(Kumara), 위샤카(Viśakha), 샤카(Sakha), 나이가메야(Naigameya)라는 이름으로 몸을 나눈 아이는 각각 꾸마라는 얼굴로는 쉬와를, 위샤카는 빠르와띠를, 샤카는 강가를, 나이가메야는 아그니를 바라보았다. 이 현명한 아들을 누가 나무라겠는가. 모두 만족해하며 쉬와의 아들일 때는 꾸마라로, 빠르와띠의 아들로는 위샤카, 강가의 아들로는 샤카, 아그니의 아들일 때는 나이가메야로 부르자는 쉬와의 제안에 동의하고, 품에 안고 있던 까르띠까들에게도 까르띠께야(Kartikeya)라는 이름의 아들이 되도록 해 주었으며 샤라 풀에게도 샤라잔만(Sarajanman) 또는 마하세나(Mahāsena)라는 아들이 되게 해 주었다. 그는 또 아그니가 품고 있어 불 같은 금빛을 띠고 있다 하여 아그니부(Agnibhu)라 하기도 하고, 강가가 품고 있었으니 강가의 아들 강가뿌뜨라(Gaṅgaputra) 라고도 불렀다. 칠 일 동안 자란 아이는 신들의 군대를 통솔하여 따라까를 정벌하여 전쟁의 신이 된다. 스깐다는 공작새를 수레로 타고 다닌다.

강가(Ganga)와 사가라(Sagara)

사가라는 태양족의 왕이다. 그가 백번 째의 아슈와메다(Aśvamedha : 깃발 꽂은 흰 말을 나라마다 보내어 그 나라 왕의 항복을 받아내면 왕중왕이 되고, 백 번을 행하면 인드라와 동등한 지위가 된다는 의식)를 행하려 하고 있는데, 자신의 지위를 빼앗길까 두려워하던 인드라는 이를 방해하기 위해 그의 말을 훔쳐다 지하세계 빠딸라(Patala)에서 고행 중이던 성자 까삘라(Kapila) 곁에 숨겨 두었다. 육천 명의 사가라 아들들은 말을 찾으러 땅을 파고 빠딸라 세계로 들어갔다.

그곳에서 그들은 까삘라 곁에서 풀을 뜯고 있는 말을 발견하고 까삘라에게 도둑놈이라는 욕설을 퍼부었다. 이에 격분한 성자 까삘라는 사가라의 육천 아들을 모조리 불태워 버렸다. 성자는 사가라의 자손 가운데 누군가 하늘에 흐르는 강가를 빠딸리까지 끌어온다면 그들의 영혼이나마 하늘에 이를 수 있을 것이라고 했다. 누구도 그 일을 해낼 수가 없었다.

　오랜 세월이 흐른 뒤 사가라의 후손인 바기라타(Bha-giratha)는 선조들의 참상을 마음 아프게 생각하여 왕위를 버리고 숲으로 들어가 천 년의 고행으로 강가의 마음을 사게 되었다. 강가는 그에게 빠딸라까지 자신의 물줄기를 주겠다고 약속했다. 그러나 강가의 거센 물결이 세상을 휩쓸어 버릴 것을 염려하던 브라흐마는 바기라타에게 쉬와가 강가의 물줄기를 받아낼 수 있게 부탁해 보도록 했다. 마침내 바기라타는 고행 끝에 쉬와의 승인을 얻어내어 그의 머리로 강가를 받아내기로 했다. 그러나 도도하고 자만에 가득찬 강가는 쉬와마저 삼키려 하자 이에 화가 난 쉬와는 머리타래 속에 강가를 가두어 버렸다. 갈 길을 찾지 못하던 강가는 그의 머리 속을 헤맬 수밖에 없었다.

　바기라타가 다시 고행으로 쉬와를 달래 물길을 열어주었으나 강가는 다시 평지를 흐르고 있었는데, 성자 자누가 고행하던 제사 마당을 쓸어버렸으니 화가 난 자누는 강가를 들이마셔 버렸다. 바기라타는 다시 고행하였다. 자누는 자기 귀를 통해 강가가 흘러가도록 허락해 주었으며 이때부터 강가는 자누의 딸로 불리게 되었다.

　이렇게 해서 바기라타는 강가를 지하세계까지 끌고가 조상을 건져냈다. 그의 길고 모진 고행에 감명받은 브라

흐마는 이 땅에 흐르는 강가를 바기라티(Bhagīrathī)라
는 이름으로 부르게 했다.

위슈누(Viṣṇu)

힌두 삼 신 가운데 하나인 위슈누는 브라흐마가 창조하고 때가 되면 쉬와가 파괴할 세상을 유지해 주는 비교적 온화한 신이다.

모든 것이 사라져 갈 즈음 대홍수가 온다. 홍수가 세상을 휩쓸고 간 뒤 긴긴 세월 동안 이 세상은 비워 있을 것이다. 그 적막강산에 위슈누는 물 위에 떠 있는 반얀 나무 잎에서 자고 있을 것이다. 그래서 그는 나라(Nārā)(물위)에 머무는 자, 즉 나라야나(Nārāyana)로 부른다.

위슈누는 수 많은 화신으로 유명한데, 어지러운 세상에 몸을 나투어 위험에서 구한다는 신이다. 그 가운데에서도 여덟(또는 부처님까지 아홉) 화신이 잘 알려져 있다.

맛쓰야(Matsya ; 물고기), 꾸르마(Kūrmo ; 거북이), 와라하(Varāha ; 멧돼지), 나르싱하(Narsinha ; 인간사자), 와마나(Vāmanā ; 난장이), 라마(Rāma), 발라라마(Bālarāma), 끄르슈나(Kṛṣna), 붓다(Buddha), 그리고 깔끼(Kalkī)이다.

이 가운데 메가두따에 언급된 와마나, 발라라마, 끄르슈나, 라마에 대해서만 언급한다.

난장이 와마나

아수라들의 제왕 마하발리의 세력은 커지고 커져 삼계를 군림하게 되었다. 견디다 못한 신들은 슬금슬금 달아나기 시작했으며 모두들 발리의 통치에 만족스러워 했다. 세상을 빼앗길 것 같은 위협을 느낀 신들은 위슈누를 찾아가 사정했다. 위슈누는 난장이로 태어나 그들의 고충을 해결해 줄 것을 약속했다.

한편 발리에게 쫓겨난 신들은 숲 속에서 피난생활을 하게 되었다. 이들의 초라한 생활을 안타까워하며 신들의 어머니 아디띠(Aditi)는 슬픔에 잠겼다. 남편 까샤빠(Kaśapa)의 조언으로 아디띠는 단식에 들어갔다. 위슈누는 그녀의 몸을 빌어 난장이 와마나로 세상에 나왔다. 어느 날 그는 탁발 수행자로 변장하고 발리를 찾아가 자기에게 발 세 번 딛을 만큼의 땅을 구걸했다. 누군가의 부탁을 들으면 거절한 적이 없는 발리는 선뜻 그러기로 약속했다. 뭔가 심상찮은 기미를 느낀 아수라들의 스승 슈끄라는 이 난장이가 수상쩍다며 특별한 약속은 하지 말라고 권유했으나 한번 한 약속은 거두어들일 수 없다며 뜻을 굽히지 않았다.

이에 화가난 슈끄라는

'그대는 비록 영리하고 자비로우나 스승의 말을 듣지 않는 쓸데없는 고집이 그대를 망하게 하리라!' 는 저주를 퍼부어 버렸다. 스승이 저주를 내렸건 말건 발리는 아내가 떠다 준 물을 땅에 부으며 난장이에게 약속한 땅을 그어주려 하자 이 난장이가 갑자기 커지며 한발로 온 대지를 덮고, 두 번째 걸음으로 하늘을 덮더니, 세 번째 걸음을 어디에 딛을지 몰라 망설이다 물었다.

'나머지 한 걸음은 어디에 두리?'

'내 머리로 받겠소.'

발리는 주저 없이 당당하게 말했다. 위슈누가 그의 머리에 딛고 서니 발리는 느닷 없이 땅밑 세계 빠딸라로 떨어져버리고 말았다. 이렇게 신들의 고통을 덜어 준 위슈누지만 정직하고 곧은 아수라 발리에게 미안함을 느껴 빠딸라 세계의 지도자가 될 것을 허락해 주었다. 이 위슈누의 세 걸음은 위슈누빠다(Visnupada)라 하여, 점점 철학적 개념으로 발전해 간다.

발라라마와 끄르슈나

인도의 대 서사시 마하바라따에 나오는 인물들로 위슈누의 화신이다.

이 땅에 사악한 왕들이 늘어나 판을 치자 부미데위(Bhūmīdevī), 땅의 여신조차 암소로 변하여 위슈누에게 피신하는 사태가 벌어졌다. 위슈누는 다시 몸을 나투기로 결심했다. 그는 희고 검은 머리칼 두 개를 뽑아 야두(Yadu)족인 와수데와(Vasudeva)의 부인들에게 심었다. 흰 머리칼은 로히니(Rohinī)라는 부인의 뱃속에, 검은 머리칼은 데와끼(Devakī)라는 부인의 뱃속에 뿌려 두었다. 이리하여 흰 머리칼에서 흰 피부의 발라라마, 검은 머리칼에서 검은 피부의 끄르슈나가 태어났다.

마하바라따의 두 사촌 빤다와(Pāndava)와 까우라와(Kaurava)가 전쟁을 시작했을 때, 끄르슈나는 빤다와의 셋째 아르주나(Arjuna)의 마부로 활약하며 적극적으로 전쟁에 참여했던 반면, 발라라마는 빤다와나 까우라와 모두 같은 친척이라 하여 전쟁에 참여할 것을 거절하고 숲 속으로 들어가 버렸다.

그는 왕족성자인 레와따의 딸, 레와띠와 결혼했으며 술을 좋아하여 술꾼으로 통하기도 한다. 힌두교의 가르침인 바가와드기따에서 가르침을 주는 끄르슈나가 인도 신화에서 화려한 지위를 차지하며, 적절히 잘 속이고 약게 굴었던 소몰이꾼으로서 숱한 여자들의 사랑을 한 몸에 받으며 두고 두고 숭배되는 것에 비하면 — 그에게는 1,600명의 여자가 있는 것으로 되어 있다. 그 가운데 애인 라다(Radha)와 아내 루끄미니(Rukmini)가 유명하다 — 발라라마는 신치고는 초라하며 정직하고 순수한 성격으로 묘사된다.

발라라마와 끄르슈나가 스승에게 바친 과외비(?), 구루닥쉬나도 유명한 얘기다(옛 인도에서는 스승에게 배움을 마치면 어떤 형식으로든 반드시 수업료를 내야 했다).

발라라마와 끄르슈나가 공부를 마치고 스승께 무엇으로 구루닥쉬나를 바칠지 물었다. 스승은 순례지에서 빠져 죽은 아들을 다시 자기에게 보내 달라고 했다. 이들은 즉시 물의 신 와루나에게 달려가 그의 행방을 물었다. 와루나는 소라고둥 모양으로 바다에 살고 있는 빤짜자나라는 아수라가 스승의 아들을 죽였다고 했다. 그들은 즉시 바닷속으로 들어가 빤짜자나를 죽였으나

소라고둥 속에는 스승의 아들이 없었다. 고둥을 불며
다시 그들은 죽음의 신, 야마의 거처로 갔다. 야마는 그
들에게 스승의 아들을 내주었다.

라마(Rāma)

라마는 아요댜(Ayodhya) 왕국을 다스리던 왕 다샤라타(Daśaratha)와 첫째 왕비 까우샬랴(Kausalyā) 사이에서 태어난 첫째 왕자이며 위슈누의 화신이다. 인도의 대서사시인 라마야나(Rāmayaṇa)에는 그의 행적이 그려져 있다.

어렸을 때 그는, 위슈와미뜨라(Viśvamitra)라는 유명한 성자의 요청으로 악마들의 손아귀에서 수행자들을 지켜주기 위해 숲으로 떠났다. 어린 라마는 수행자들을 괴롭히던 모든 악마들을 어렵지 않게 처단했다.

이 무렵 위데하(Videha)라는 왕국에서는 자나따(Janata) 왕이 밭고랑(Sītā)에서 얻은 딸 시따의 신랑감을 구하기 위해 스와얌와라(Svayaṃvara) 행사를 하려던 참이었다. 예쁘고 정숙하고 총명한 시따를 얻기 위해 구름 떼 같은 왕자들이 몰려들었다. 자격은 자나까의 무기창고에 보관되어 있는 쉬와의 활을 사용할 수 있는 자였다. 라마는 위슈와미뜨라의 조언으로 시따를 얻기 위해 위데하로 왔다. 당시 막강한 국력을 자랑하던 아요댜의 왕자 라마가 왔다는 이야기를 들은 자나까의 기쁨은 형언할 수 없었다. 쉬와의 활은 어느 왕자도 건드리지 못했다. 예정된 것처럼 어린 라마는 거뜬히 활을 들어올려 과녁을 맞추고 시따를 얻었다.

아요댜의 왕 다샤라타의 기쁨 또한 적지 않았다. 나이가 든 왕은 가장 아끼는 아들 라마에게 왕위를 물려주고자 결심하고 셋째 부인이던 까이께이에게 속마음을 털어놓았다. 까이께이는 라마를 사랑하면서도 자기의 아들 바라따가 왕이 되었으면 하는 욕심은 어쩔 수가 없었다. 이 일이 생기기 전 다샤라타 왕은 자기가 위험에 처했을 때 까이께이(Kaikeyi) 왕비가 생명을 구해준 일을 고맙게 여겨 그녀에게 두 가지 소원을 들어준다는 약속을 한 적이 있었다. 오래도록 그 이야기를 꺼내지 않던 까이께이는 그 순간 다샤라타 왕에게 소원을 말했다.

첫째는 라마를 14년 동안 국외로 추방시킬 것이며 둘째, 자기의 친아들인 바라따(Bharata)를 왕위에 올려 달라는 것이었다. 왕은 너무 놀라 혼절하고 식음을 전폐한 채 왕비에게 매달려 그 소원을 다시 거두어들일 것을 애걸했지만 까이께이는 냉담하게 거절했다. 결국 라마는 아내 시따와 둘째 왕비의 아들인 배다른 동생 락쉬마나(Laksmana)와 함께 망명길에 올랐다. 뒤늦게 이 사실을 알게 된 까이께이의 아들 바라따는 길길이 뛰며 죽어도 왕이 되지 않겠다고 했으나 라마는 이미 망명길에 오른 뒤였다. 그는 숲으로 라마의 뒤를 쫓아가 다시 돌아와 줄 것을 애원했으나 라마는 한번 한 약속을 거두어들일 수 없다며 거절했다. 바라따는 라마의 신발이라도 벗어달라고 매달리고 결국 라마는 그에게 신발을 벗어주었다. 바라따는 그 신발을 왕좌에 모셔 두고 라마가 돌아올 때까지 나라를 잘 다스렸다.

한편 전생부터 시따를 좋아하던 악마 라와나는 금사슴으로 둔갑해 라마를 유인한 뒤 시따를 랑까로 납치해 갔다. 라마와 락쉬마나는 전력을 다해 시따를 찾아 나섰으나 인도에 없다는 사실을 알게 되고, 결국 원숭이 족과 그들의 장수인 하누만의 도움을 얻어 바다 건너 랑까에 진격하여 시따를 구해냈다. 악마들과의 전쟁에 이기고 아요댜로 돌아온 라마는 왕좌에 올라 백성들을 잘 다스렸다.

그러던 어느날 라마는 그리 오래도록 악마에게 잡혀 있었으니 시따가 순결할 리 없다는 어느 백성의 말을 들었다. 그는 시따의 순결을 철석같이 믿으면서도 왕이 백성의 말을 사서는 안 된다는 철칙에 따라 임신 중인 시따를 눈물과 함께 숲으로 내쫓게 된다(시따의 순결은 랑까에서 불이 이미 증명한 바 있다).

　이리하여 시따는 성자 왈미끼(Vālmikī : 라마야나를 쓴 작가)의 보호 아래 숲 속에서 아들을 낳게 되는데, 그의 아들이 커서 라마의 행적을 읊은 것이 라마야나가 된다. 그러나 시따가 내 쫓긴 이후의 이야기는 원래 라마야나에는 없었다 하며, 비극을 견디지 못하는 인도인의 심성이 만들어낸 후대의 것이라 한다. 그 이후의 이야기에 따르면 시따는 결국 왈미끼의 후원에 힘입어 왕비로 재등극 한다는 이야기다.

까마데와 (Kāmadeva)

까마데와는 그리스 로마 신화의 큐피트와 같은 역할을 하는 사랑의 신이다. 안앙가(Ananga), 만마타(Manmatha), 마다나(Madana) 등 여러 이름으로 불린다. 그는 꽃 화살을 들고 다니며 신과 인간들의 마음을 사로잡는다.

생명 창조의 신, 쁘라자빠띠 중의 한 명인 다르마(Dharma)가 조물주인 브라흐마의 오른쪽 가슴에서 태어났다. 그는 샤마(Sama), 까마(Kāma), 하르샤(Harśa)라는 잘 생긴 아들들을 낳았다. 그 가운데에서도 까마는 가장 돋보여 아름다움의 신이 되었다.

또 다른 이야기는,

브라흐마가 10명의 쁘라자빠띠를 낳고 그 다음 산댜(Sandhya)라는 여인을 만들었다. 산댜가 태어나자마자 브라흐마 자신을 비롯한 10명의 쁘라자빠띠는 모두 그녀의 아름다움에 홀려 자리에서 일어나 산댜만 바라보았다. 이때 브라흐마의 마음에서 꽃 화살을 든 미소년이 솟아나 이 땅에 태어났다. 소년은 태어나자마자 브라흐마에게 물었다.

'누구에게 자부심을 갖게 해줄까요?'

'살아있는 것들의 마음이 네 화살의 표적이 되리라!'

이렇게 브라흐마의 마음(Man)을 휘저으며(Matha) 태어났다 하여 만마타로 부르는 그는 쁘라자빠띠 가운데 한 명인 닥샤의 딸 라띠를 아내로 맞았다.

그러나 그는 다시 브라흐마의 저주를 받게 된다. 이유는, 어느 날 세상을 어떻게 창조할까 하고 깊은 명상에 잠겨있던 브라흐마에게 문득 색정이 동한다. 그런 생각이 들자마자 브라흐마의 마음에서 어여쁜 아가씨가 태어나 불현듯 브라흐마의 눈 앞에 공손히 합장하고 서 있었다. 그가 바로 지식, 또는 지혜의 여신 사라스와띠(Sarasvati)였다. 그녀에게 홀린 브라흐마는 엉겁결에 결혼한 뒤 곧 후회하고 말았다. 그의 색정이 까마데와의 작품인 줄 알았기 때문이다. 화가 난 브라흐마는 까마데와를 저주했다.

'네 이놈! 내게 장난친 대가로 넌 쉬와의 세 번째 눈에 불타 죽으리라.'

먼 옛날 무시무시한 힘을 자랑하는 따라까라는 악마가 걸핏하면 신들을 괴롭히곤 하였다. 그는 쉬와의 갓 난 아들이 아니면 아무도 제압할 수 없는 운명을 타고

났다. 그러나 고행제일의 신, 쉬와에게 아들을 얻기는 무척 곤란한 일이었다. 신들이 묘책을 찾지 못해 안절부절하는 동안, 쉬와의 아내 될 운명을 안고 태어난 히말라야의 딸 빠르와띠는 어서 쉬와의 아내가 되게 해달라고 또 한 켠에서 고행하고 있었다. 기회를 엿보던 인드라는 빠르와띠를 쉬와 곁으로 보내 시중들게 해놓고는 까마데와를 설득했다. 까마데와는 결국 인드라의 설득에 넘어 가 어느 화사한 봄날 쉬와에게 꽃 화살을 쏘았다. 화살을 맞은 쉬와는 느닷 없는 춘정을 이기지 못해 자기를 시중들던 빠르와띠를 사랑하게 되지만 자기의 느닷 없는 감정이 까마데와의 장난인 것을 알아차리고는 화를 불같이 내며 세 번째 눈으로 그를 태워버렸다. 브라흐마의 저주가 실현된 셈이다. 이때부터 까마데와는 몸뚱이(Anga) 없는(An) 신, 안앙가로 불리게 되었다.

졸지에 남편을 잃은 라띠는 서러움에 쉬와에게 다시 한번 까마와 사랑을 나누게 해달라고 애원한다. 쉬와는 마지못해 그녀에게 말했다.

'까마는 그대의 아들로 인간 세상에 다시 태어나리라.'

쉬와의 은총으로 라띠는 다시 마야와띠(Māyāvati)라는 이름을 달고 태어나 샴바라(Śambara)라는 악마의 부얼 종으로 들어갔다. 샴바라는 까마데와가 이 세상에 태어나는 대로 죽이리라는 서약을 하고 마야와띠를 부엌 종으로 삼은 터였다.

그러던 어느 날, 위슈누의 화신인 끄르슈나가 쉬와를 찾아와 아들을 갖고싶다고 하자 쉬와는 끄르슈나의 아내 루끄미니(Rukminī) 뱃속에 까마를 심어 주었다. 까마가 언제 태어나는지만 살피고 있던 샴바라는 이 소식을 듣고 까마가 세상에 나온 지 얼마 안되어 몰래 훔쳐다가 바닷속에 던져버렸다. 아이는 바닷속 고기가 삼켜 어부에게 잡혔다. 어부는 샴바라에게 자기가 잡은 고기를 선물했다. 잡은 고기의 뱃속에서 뛰어나온 귀여운 아기가 까마인줄 모르는 샴바라는 아이를 마야와띠에게 넘겨 주었다.

이때 하늘과 땅의 소식통 나라다(Narada) 선인이 마야와띠에게 다가와 전후 사정을 귀뜸해 주었다. 사실을 알게 된 마야와띠는 아이를 정성을 다해 길렀다. 어느 날 그녀는 다 자란 까마에게 추파를 던지니 어머니인줄 알고 따르던 까마는 질겁을 했다. 그러나 마야마띠의 설명으로 모든 내막을 알게 된 까마는 샴바라를 죽이고 끄르슈나에게 자식의 예를 갖추었다.

빠라슈라마(Paraśurāma)

빠라슈라마는 유명한 성자인 자마다그니(Jamadagni)의 아들이다. 또한 인간의 어버이라고 불리는 마누가 만든 10명의 족장 가운데 한 명인 브르구의 후손이다. 빠라슈라마 또한 위슈누의 화신이다. 도끼(빠라슈)를 든 라마라는 뜻이다.

브라만의 계급인 그는 크샤뜨리야와 같은 성정을 갖게 되리라는 운명을 안고 태어났다. 그는 아버지에게 충직한 아들이었다. 어느 날 빠라슈라마의 어머니 레누까(Reṇuka)는 목욕하다가 음악을 다루는 반신인 간다르와들이 즐겁게 물놀이하는 것을 부러워하다 못해 맘속에 부정한 생각을 품게 되었다. 이를 알게된 그의 아버지 자마다그니는 진노하여 먼저 집에 들어온 네 아들에게 어머니의 목을 자르라고 하였다. 아들들은 차마 어머니의 목을 자를 수 없어 모두 아버지의 뜻을 거역하였다. 그러나 맨 나중에 들어온 빠라슈라마는 아버지의 뜻을 따라 주저 없이 손에 들고있던 도끼로 어머니의 목을 잘랐다. 이에 화가 풀린 자마다그니가 소원을 말하라고 하자 그는 다시 어머니의 목을 붙여 줄 것을 애원했다. 자마다그니는 당연히 소원을 들어주었다.

이 일이 있은 지 얼마 후, 하이하야 왕국의 까르따위르야(Kārtavīrya)라는 왕이 자마다그니가 사는 암자에 찾아와 말을 훔쳐 갔다. 빠라슈라마가 없을 때의 일이었다. 뒤늦게 이 사실을 알게 된 빠라슈라마는 왕과 싸워 그를 죽이고 말았다. 이어 분노한 왕의 아들들은 다시 숲으로 찾아와 자마다그니를 죽였다. 이때 집에 없었던 그는 분을 이기지 못하고 모든 끄샤뜨리야 왕을 죽이리라고 맹세했다. 그는 결국 21명의 끄샤뜨리야를 죽이나 다샤라타 왕의 아들 라마가 16살 되던 해 그에게 패퇴하고 만다.

라와나(Rāvaṇa)

다샤무카(Daśamukha : 머리가 열 달린 괴물)로 라마야나에 등장하는 악마다. 락샤사들의 왕이며 꾸베라를 내쫓은 뒤 랑까(지금의 스리랑카)를 다스렸다. 라마의 아내 시따를 랑까로 납치해 시따를 되찾으려는 라마와 혈투를 벌인 끝에 패한다.

혹독한 고행으로 유명한 그는 고행을 하며 천 년이 지날 때마다 머리 하나를 떼어 바쳤다 한다. 이에 감격한 브라흐마는 그에게 축복을 내려 주었다. 인간 이외의 어떤 존재에게도 죽음을 당하지 않으리라는 것이었다. 브라흐마의 축복을 등에 입은 그는 하늘과 땅을 다스리던 왕들을 닥치는 대로 괴롭혔다. 견디다 못한 신들의 간청에 위슈누는 라마의 모습으로 다시 나투어 원숭이 군대와 그들의 대장인 하누만(Hanuman)의 도움을 얻어 그를 정벌했다.

한번은 라와나가 신들이 가장 즐겨 찾는다는 까일라

사 산을 랑까로 끌고가려고 그 밑둥을 잘라내었다. 까일라사 산에 사는 이들이 너무 놀라고 쉬와의 아내 빠르와띠는 질겁하여 쉬와의 목에 매달렸다. 분노가 충천한 쉬와는 하늘 주민들을 달래려고 산을 위에서 내리눌러버렸는데, 손가락이 밑에 눌린 라와나는 천 년 동안 쉬와를 고래고래 불러댔다고 한다. 그때부터 그의 이름은 라와나(소리지르는 자)가 되었다.

인드라

　인드라는 브라흐마와 위슈누, 쉬와를 제외한 신들의 제왕이다.

　먼 옛날에는 이 세상의 모든 산들이 날개를 달고 바람 같은 속도로 독수리 마냥 여기저기 날아다니다 내키는 곳에 내려 앉았다. 땅에 사는 사람들, 심지어 성자와 신들까지 산이 떨어져 그들의 머리를 짓누를까 늘 염려하였다. 더 이상 이를 견딜 수 없었던 신들이 모두 모여 회의를 열었다. 인드라는 그들의 공포를 없애 줄 유일한 신이었다. 신들의 간청에 그는 자신의 무기인 벼락을 날려 산들의 날개를 잘라버렸다. 그때부터 산들은 발로 땅을 딛고 서게 되었다.

　한편 인드라가 마이나까 산의 날개를 베어내려 할 즈음 갑자기 바람 신이 나타나 산을 바닷속에 감춰버렸다. 훗날 바람신의 아들 하누만이 라마의 아내 시따를 구하기 위해 바다를 뛰어 랑까로 갈 때, 이 산이 바다에서 솟아올라 하누만을 도와줌으로써 바람신의 고마움에 보답한다.

또한 까일라사 북쪽에 있다는 이 산은 사카라의 후손인 바기라타가 고행을 통해 강가를 땅에 끌어올 때, 강가를 땅에서 받아내기도 한다.

옛날, 순다와 우빠순다라는 두 악마 형제가 고행을 통해 불멸의 힘을 얻었다. 자기들 내부의 싸움이 일어나지 않는 한 누구도 그들을 죽일 수 없으리라는 브라흐마의 축원 때문이었다. 그러나 그들의 우애는 아무도 갈라놓을 수가 없었다. 이들이 서로 다투게 할 목적으로 브라흐마는 위슈와까르마에게 세상에서 가장 아름다운 여자를 만들라고 지시했다. 위슈와까르마는 최상의 아름다운 것들로 빚은 비할 수 없이 아름다운 여인 띨로따마를 만들어 쁘라자빠띠인 까샤빠 아내의 몸을 빌어 태어나게 했다.

두 악마가 세상을 쑥대밭으로 만들었을 즈음, 띨로따마는 작별을 고하러 하늘나라로 갔다. 브라흐마는 남쪽, 쉬와는 북쪽을 향해 앉아 있었다. 띨로따마는 신들가운데 둘러싸여 예를 갖추었다. 무심코 곁눈질로 띨로빠마를 바라보던 쉬와는 그만 그녀의 미모에 마음을 다빼기고 말았다. 쉬와의 가슴에서 욕정이 피어올랐다.

그 기막힌 여인을 언제라도 볼 수 있도록 쉬와에게서 머리 넷이 솟아났다. 한 켠에 서 있다가 띨로빠마에게 홀려버린 인드라 역시 두 눈으로는 만족할 수 없어 그 즉시 천 개의 눈이 더 튀어나왔다. 그리하여 인드라는 천 눈의 신이 되었다.

한편 순다와 우빠순다는 띨로빠마의 미모에 반해 자기 것이라고 우기다가 서로를 죽이고 말았다.

아이라와따

    인드라가 타고 다니는 거대한 코끼리로 그는 신들이 불로주를 얻기 위해 우유바다를 휘젓는 동기를 제공한다.

    하루는 화를 잘 내는 성자 두르와사스가 요정 메나까로부터 향기로운 꽃 목걸이를 얻어 그것을 인드라에게 걸어 주었다. 인드라는 다시 아이라와따의 코에 걸어 두었는데, 향기가 너무 진한 탓에 수 많은 벌들이 몰려와 쏘아대며 성가시게 하였다. 견디다 못한 아이라와따가 그 꽃 목걸이를 찢어 내버렸는데, 이 사실을 알고 화가 잔뜩 난 두르와사스는 신들에게도 늙음이 찾아오리라는 엄청난 저주를 퍼붓는다. 다만 바다에서 불로주 아므르따를 얻어야 저주에서 풀려나리라 하였다. 이제 늙기 시작한 신들은 자기들만의 힘으로는 바다를 휘젓기가 어려운지라 악마들에게 도움을 요청하여 함께 바다를 저어 불로주를 얻게 되었다. 다시 불로주를 차지하려는 악마와 신들의 싸움, 속고 속이는 싸움이 거듭

되다가 결국 불로주는 신들의 손에 들어갔다.

한편 자신의 잘못으로 인해 이런 일이 생긴 것을 자책하던 아이라와따는 바닷속에 숨어있다 불로주와 함께 튀어나왔다 한다. 우유 바다에 오랜 세월 숨어있었던 탓인지 하얀색이며 상아가 넷이다. 코끼리들의 대왕으로 동쪽 세상을 지킨다.